Acquired Tastes

有关品味

〔英〕彼得·梅尔 著 程静 译

南海出版公司

新经典文化股份有限公司
www.readinglife.com
出　品

献给马丁·拜瑟，他给予了我莫大的鼓励，能与这鼓励相比拟的，是他面对我的巨额账单时展现的勇气。

目录 Contents

前言

我相信，大多数人心中暗藏着对挥金如土与生俱来的向往。多多益善，好上加好，这种渴望也许是写在基因里的，一旦好运降临，比如天上掉下一笔横财，这渴望便会变得异常强烈。否则，一位拥有三百九十九双鞋子的女士仍然买鞋买个不停，这种行为该如何解释？又该如何解释人们为何需要第二架直升机、第五套房子、十几个装饰靠垫、一大罐鱼子酱和一大瓶香槟呢？究竟是谁需要这一切？谁会去买这一切？他们又为什么要买？

富人的消费习惯令我困惑了许多年。其中最叫我不解的是，他们一掷千金购买那些奢侈的小东西真的值吗？钱花出去，他们真的买到特别的东西了吗？还是说，这份随心所欲、想买就买的潇洒足以令他们血液沸腾，获得真正的快感？每当美国运通公司将恼人的账单寄到我手中，我闷闷不乐地瞧着它时，这些问题便会浮现在脑海之中。

直到有一天，天赐良机，我获得了一个寻找答案的方法。美国男士时尚杂志《GQ》的资深编辑马丁·拜瑟，一个拥有坚定信念和无限预算的人，听说我有一种搞学术一般的兴趣，想对据说是人生顶级享受的事情进行一番研究，便好心发给我一个开拔令。去吧，他说，跟富人们厮混去吧！他们做什么，你就做什么。当然，去之前要跟财务部门打个招呼，回来后记得报账。

说到这里，或许该描述一下我平日里的生活条件。一言以蔽之，普普通通。我有一套房子，一辆小小的车子，一辆自行车，还有四套很少穿的西装。我有幸住在法国南部的农村，那里的食物和酒都物美价廉。相对而言，我的爱好不算烧钱，其中为买书花的钱多于其他所有爱好。我对游艇、赛马、男管家等全无兴趣。我不想拥有带坚硬黄铜配饰和密码锁的鳄鱼皮公文包，更别提投身那些真正花钱如流水的产业了，什么买法国波尔多地区的一片葡萄园，买一幅印象派画作之类的，我喜欢这一切美好的事物，懂得欣赏它们，却无意于拥有它们。在我看来，它们带来的麻烦远多于其价值。最终我们无法拥有它们，反而会被它们所支配。

我是几年前想明白这一点的。当时，我在一对魅力十足的夫妇家中做客。他们就被自己优渥的家境给害惨了。这对夫妇家客厅的墙上挂着一幅色调昏暗的画，某位客人——现在想来，也许是我——不小心轻轻碰到了那沉重的镀金画框，顿时警铃声大作。那对夫妇只得赶紧致电给保安公司解释这一切。待他们的情绪彻底平复下来，才招呼我们坐下来享用晚餐。用餐时，女主人讲述了另一桩频繁发生的麻烦事，那是与餐具有关的。他们用的餐具可不普通，是纯银打造的古董，极为雅致，他们还为此买了很大一笔保险。将这套餐具称之为价值连城的传家宝也不为过。不幸的是，保险生效的前提是，不使用这些餐具的时候，将它们保存在保险箱内。因此，每一次用餐完毕后，他们必须将这些刀、叉和勺子一一清点，放进保险箱里牢牢锁上。

也许你会说，得了吧，只是些小小的不便而已，那些生在富贵人家的人享受着人间极乐，多么令人羡慕呀。可是，当我一次次地将鼻子紧贴在窗玻璃上，仔细观察他们的举动，却发现这些人并不像我们以为的那般乐在其中。为什么呢？因为总有事情不对劲啊！

一般来说，钱花得越多，期望值便越高。你若是花出去一大笔钱，必然期待每个细节都完美无瑕。可惜生活总是难以预料，其质量的好坏往往取决于不可控的设备或用人的表现，因此完美极为罕见。富人们很快便会发现不对劲，接着便开始吹毛求疵。我曾亲眼见到他们这么做。一些在我们看来无比琐碎的细节，在他们眼中却已经是极为不堪的了：早餐的鸡蛋没熟透，无法下咽；丝质衬衫上面有一道几乎看不见的褶皱，没法穿；司机又吃蒜了，真是忍无可忍；门房要么不够热情，要么过于亲昵——生活中这类叫人抓狂的糟心事简直数不胜数。那个笨蛋没把你的袜子烘热，没帮你把报纸熨平，一整天的好心情就都泡汤了。

我还记得，有一天，我抱着实地考察的目的走进了威尼斯的一家豪华酒店。那酒店装潢得十分精致，大厨也毫不逊色。在我看来，在这样的地方用餐，想不享受都难。可是我错了。隔壁桌坐着的四位打扮得十分显眼的米兰贵族老爷就很不高兴。白葡萄酒未能冰得恰到好处。他们动了动手指，侍者居然过了三十秒才赶来。老天爷，这世界要堕落成什么鬼样子了？用餐期间，他们一直发泄着满腹的牢骚，而他们的抱怨实在是有失偏颇。不论菜式多么美味，环境如何奢华，他们就是感觉不对劲。这种疑神疑鬼、仿佛事事都可能叫人大失所望的情绪弥漫在整间餐厅里。目力所及，没有一个富豪是快乐的。这是我第一次，也是唯一一次在意大利的餐厅感受到如此压抑的气氛。

有过几次这样的经历后，永远与有钱人相伴的念头便再也不能吸引我了。可我必须要说，他们花钱买来的一些小享受是十分美好的——生活不易，不时给自己一些奖励以示鼓励，这很重要——而且可能在不知不觉中形成习惯。尝过了鱼子酱，你恐怕对它的远亲圆鳍鱼的鱼子再也不会有任何兴致了。

或许，在这次为期四年的考察中，最令我舒心的部分还属与各类艺术家们的会面。那些奢侈品的制作者，无论是裁缝、鞋匠、松露猎人还是调香槟高手，每个人都对自己的工作全情投入，甘心花费时间潜心研究自己的特殊技能。聆听这些来自各个行业、学识渊博的能工巧匠说的话，不论他讲述的是巴拿马草帽还是如何精心地用苏玳葡萄酒（Sauternes）蒸鹅肝，都能带给我莫大的启迪。我常常在离开时感到疑惑，他们如此煞费苦心、精益求精，为何不将价格再提高一些呢？

书中大部分篇章描述的是有意为之的放纵和沉溺，与之相对的是另外几篇有关非自愿性消费的文章。过圣诞节、给小费和请律师是谁也绕不开的花销，而且在我看来，其出现之频繁、花费金额之高，倘若要把掏空我们钱包的花销项目列个排行榜，它们绝对位居前列。向美国国税局缴税也本应位列其中，可是一想到要写它，我便情绪低落，而且如果我直言不讳，一定会招致报复，导致明年申请减税时被驳回。

如今正逢经济低迷的时期，将奢侈消费的冰山一角加以展示似乎不合时宜。可是，倘若连这些偶尔为之的享受也无法拥有，生活会是怎样一番滋味呢？况且正像我常对财务部门说的，购买正宗好货，无异于省钱呀！

绅士的恋物癖

伦敦隐藏着两到三家不事声张的店铺，它们世代相传，为人们一种较为隐秘的迷恋服务。它们不做广告，却在口口相传之中获得越来越高的声誉。这些店铺有着宁静的氛围，若是高声说话或举止鲁莽，会显得极为不妥。人们斟词酌句，轻声交谈，喁喁细语不时被柔和的“嘎吱”声打断。客人们或站或坐，个个低头垂目，仿佛在思考意义非凡的重大问题。说来也是，毕竟这些绅士们花一千三百英镑甚至更多，只为得到一双手工切割和缝制的鞋子。那是为每一双独特的、具有绅士派头的脚度身定制的鞋子，连每一根与众不同的脚趾、每一处挫伤和每一块凸出的骨节都能被一一呵护到位。

世上不乏对服装极度挑剔的人，他们醉心于高级定制西装，在意袖扣是否能解开，非单针车缝的定制衬衣不穿，享受手工翻领带来的舒适。可是，即便是这样的人可能也会觉得，将双脚包裹在钞票之中行走是种过分的念头，这比喜爱羊绒袜更叫人羞愧，是一桩耻于对自己的会计师提起的事。一般来说，他们顾虑的背后总是同一个问题：手工制鞋和机器制鞋差价如此之大，该如何判断是否值得？裁缝必须以生花妙手在服装上做足修饰，为客人掩盖体型上的缺陷，但鞋匠的任务要简单得多。只是一双不见天日的脚丫而已，至于吗？

当然，他们错了。他们不理解那种感受，除非亲身体验才会恍然大悟，领略其中的滋味。一双由艺术家制作的鞋子能够带来哪些说得出和说不出的好处，以及只可意会的喜悦，只有试过才知道，而且这种感觉会叫人欲罢不能。

体验的过程始于一次“启蒙”。但凡仪式，操办起来总是有条不紊。这个“启蒙”仪式也一样，必须一步步往下进行，不是那种钱货两清、扭头就走的买卖。这双鞋是要当成传家宝祖祖辈辈往下传的，所以第一次进店至少要留足一小时，如果你提出的要求会叫人惊讶得眉头高挑，恐怕还要费时更长。但那是后面的事了。首先，你得与前来接洽的人会面，他将引领着你，将整个“仪式”的流程走完。在一些较为古板的店铺里，他可能被称为“量脚师”或“销售主管”，可是这家店是为数不多的维多利亚晚期巴洛克式风格的店铺之一，对方可能更愿意将自己视作一位“宣讲员”。

他会毕恭毕敬地问候你，但目光却会不由自主地下移，对你的鞋子迅速做出一番评估。他不会说什么，但你却意识到，自己的双脚竟然令一位男士感到兴致盎然，这大概是生平头一遭。

你坐下来，他帮你将鞋子脱下，骤然间它们显得破旧又凄凉。不过别担心。这位宣讲员不再为它们而分心了，如今吸引他的是你的脚。一旦确定你有两只脚，且尺寸大致相同，他便会唤来他的助手，他也许是从鞋匠工作台旁站起来的一个面带稚气的学徒，也许是一位干瘦的老跟班。不论是哪一种，他都会拿来一本硕大的皮面册子，翻开来，里面露出两页空白的纸张。

他们将打开的册子放在地上，请你站上去，一脚踩着一页纸。然后，宣讲员跪在你面前，缓缓地，几乎是充满爱意地把你两只脚的轮廓描画在册子上，为它们制作一张“地图”。从几乎能抓握东西的大脚趾开始，绕过点缀在小脚趾上的神秘硬节，沿着脚的两侧，深深地钻入足弓下，任何一丝皱褶或不规则之处都被记录在案。

“地图”绘制完成后，便该着手进行“地理调查”了。他会对所有细节一一进行测量：足背的“海拔”，脚后跟的弧度，五根跖骨的“等高线”和“坡度”。他们甚至会问你平日是否留这么长的脚趾甲，因为每一毫米都要纳入考虑，疏忽不得。最后，他们终于准你从那本册子上下来了。稍作收拾，接下来你该做选择了，因为确定鞋子式样的时候到了。

虽然供你选择的式样应有尽有，但有一点必须说明：古巴跟、黄铜马衔扣和巴洛克雕花三色蛇纹之类任何可能略为花哨的元素，是绝不可能出现在你眼前的。当然，你心中所期望的那双鞋本来也跟它们毫无关联。你想要的是一双经典的，永不过时的棕色系带皮鞋。简单至上。

你要做的是选定皮革（小牛皮、马臀皮、鳄鱼皮还是翻毛鹿皮？），鞋头的具体形状（杏仁形、略带方形还是标准的圆形？），鞋跟的高度（必须提醒你，不能太高，不过略高于八分之一英寸应该是能够做到的），足弓的形状（为成鞋后有个漂亮的形状，推荐你选择斜切的束腰形），如何修饰（再次提醒，是很有限的修饰，但对鞋头和鞋面进行一些低调的修饰是可以接受的），最后是鞋带（编织的还是皮革的？扁条形还是圆形？）。这些细节十分有趣，它们将长年累月地伴随着你，因此做决定时万万不可仓促。

最后，你将与这位宣讲员告别，双方都因为顺利圆满地完成这次工作而感到心满意足。他说期待再见到你。

可是，究竟何时才能再见呢？几个月过去了，对方杳无音信。你开始怀疑自己定做的鞋子是不是与格伦科公爵的狩猎靴弄混了。就在这时，一张卡片翩然而至，上面用华丽的辞藻恭请你，邀你前去试穿，并保证他们不论何时都将全心全意为你服务，落款是“您诚挚的”，总而言之：你的鞋子已经做好了。

你第二次光临这家店，整个过程轻松而愉悦。那几个客人——在你看来，似乎就是数月前你看到的那些人——依旧专心致志地研究自己的鞋尖装饰。这两次的区别在于，这一次你即将成为他们其中的一员。仿佛是为了证明这一点，宣讲员捧着你的鞋子来了。

他将它们举起供你查验。两只锃亮的皮鞋，深红色，带有黄铜铰链的鞋撑从里头伸出来——鞋撑本身就是艺术品。宣讲员深信它们一定能使你满意。老天，简直就是极品！自打你穿上它们的那一刻，双脚的气质便发生了翻天覆地的变化，青蛙摇身一变，成了王子。你感觉脚上轻飘飘的。这双鞋子不仅比现卖的鞋子更轻，鞋面还更窄，外形更加优雅。无怪乎那些老花花公子总是连着好几个小时低头盯着自己的双脚，惊讶于它们居然显得如此贵气。你发现自己的举动跟他们一模一样。

宣讲员提出几条实用的建议，不动声色地打断了你的自我陶醉。一旦将鞋子从脚上脱下，要趁皮子上余温尚存，立刻把鞋撑插进去。不论由谁来帮你刷鞋（假设并非你亲自上阵，而是由一位用人为你服务），都要确保鞋油渗入鞋底和鞋面的接缝处。每年都要把鞋子带到店里来做保养（鞋店准会像疗养院接待患有疑病症的大富翁一样，热情接待，关切地询问健康状况，然后安排长时间的休息和治疗）。在如此便捷周到的呵护之下，你的鞋子穿上二十年，甚至更长时间，都不在话下。

一双真正合脚的鞋子，一双会被时间打磨得越来越漂亮的鞋子所带来的舒适和快乐，按照眼下的价格来算，只需要每年花上六十美元就能拥有。还有那一场场的仪式，那辞藻考究的卡片，那对皮革、鞋带、鞋蜡和鞋油的潜心钻研，以及一想到那对鞋楦——你双足无比精准的复制模型——就藏在伦敦的杰明街（Jermyn Street）或圣詹姆斯街（St. James）深处某个安全的角落里，你的心中便涌起的愉悦，这一切都是额外的馈赠。只要你对它们痴迷不减，它们便永远物超所值。

黑色加长豪华车

这个故事源于世上第一个真正具有强烈地位意识的人：他发现家中最卑微的用人竟然与自己一样长着两条腿。这就产生了一个社会问题——在自己的私宅里没事，可到了大马路上，就完全不是这么回事了。毕竟主人的身份跟家具一样一目了然，已然是陈设的一部分。然而在熙熙攘攘、混乱不堪的人群中，如何能一直恰当体现他的重要身份？假设有人一个不小心，把我们这位具有强烈地位意识的大人物错认为一个两条腿的仆人，那该如何是好？必须想些对策才是。

对策总是有的。事关自尊的紧要关头，人们总是能够别出心裁地琢磨出一些好办法。这个地位意识强烈的人认定，向世界昭示自己尊贵地位的办法，就是出行时极尽奢华之能事。从此以后，这一观念便开始大行其道。

印度的贵族促使了乘坐大象这种出行方式的产生。大象由私人象夫驾驭，象背上放着一个晃晃悠悠的遮篷，他们便高高在上地坐在里面。在十八世纪的欧洲，头顶皇冠的皇室成员钟爱的比拼项目，是看谁能设计出最令人咂舌的一整套马车行头，为此的明争暗斗堪称狂热。装有洛可可风格镶板的华丽马车，与之相配的一对对珍珠灰骏马，卑躬屈膝的跟班，挥鞭策马的马夫，还有骑马的侍从——在它们的衬托下，就连二十世纪五十年代底特律的城市景观顿时也成了低调的典范。

总的来说，乘坐某种交通工具时，若能达到既为普罗大众所见，又能与他们隔绝开来的目的，真不失为美事一桩，这至今仍然叫人神往。当今时代，最能满足这种愿望的方法当属乘坐漆黑的加长豪华轿车。（白色太庸俗，灰色中规中矩，适合银行家，紫红、洋红和带裂纹的古董金也不是为绅士们准备的。它必须是黑色。）

若仅仅是为了从餐厅到下一个约会地点的短短距离而动用一台十几米长的机械装置，还有私人贴身服务，似乎过于隆重了。虽然以加长车为座驾要的就是这份叫人沾沾自喜的优越感，可你不见得愿意对那些信奉自由主义的熟人提起，毕竟他们关心的是社会公平和环境生态，关心绿色出行的道德义务。还是把这点小小的快乐私藏在心中吧，为自己花在豪华车上的钱找个实用层面的借口才是上策。

其实借口多得是。所有合乎规矩的加长豪华车必须配齐以下设备：车载电话、吧台以及一块电控玻璃隔板，隔板将司机封闭在他的专属空间，即驾驶室内。（往往还有一台电视，不过坐拥如此多姿多彩、叫人眼花缭乱的娱乐方式，谁还会看电视呢？）

有了车载电话，你能随时与女性朋友或博彩公司经纪人联络，但它同时还具有一个重要的商业优势。车载电话至今仍无法彻底摆脱信号干扰，这实在是幸事一件。如此一来，当谈话陷入僵局时，当你需要时间思考对策时，就可以对电话那头的人说，你的车正从高压电网下方通过，然后冲着话筒模仿几声尖啸，便可挂断电话。或者告诉他，另一条线上有电话打进来了。

接下来是吧台。标配酒水一般包括金酒、苏格兰威士忌和伏特加。有的加长豪华车更周到些，还会提供足以容纳一瓶香槟的冰桶。车上的座位很舒服，可供五到六人就座。说到此处，相信你立刻就能发现，举办一场小型流动鸡尾酒会完全可行。兴致来时，叫司机把车停在酒品专卖店门口便是。如果你的客人不拘小节，将酒洒得到处都是，将鱼子酱喷在地毯上，或是将雪茄的烟灰掸在环绕立体声音响上，庆幸吧，至少这一切并未发生在你的公寓里，而是在这个中立地带。再说，你得到的乐子已经不少了。车子沿着公园大道——或北密歇根大道、比肯街一路行驶，你可以透过窗户看到一些主管模样的人为了争夺出租车而急得面红耳赤，上好的烈酒一入口，感觉更加醇厚了。

安装玻璃隔板是一个至关重要的举措。如此一来，你便与司机隔离开来，使得那种偏安一隅、远离真实生活的感觉变得愈发强烈。也许在你从前的印象中，所谓的隔板是出租车里那种油腻腻的树脂玻璃，有事吩咐司机时必须扯着嗓子嚷嚷，付车费时手指还会被隔板挤到，让你忍不住要唧唧咕咕地咒骂一番。如果是这样，那么加长豪华车的隔板对你而言无异于一项崭新的发明。只需在座位扶手的按钮上轻轻一按，那具备隔音效果的玻璃板便缓缓上升，彻底抹杀了司机与你进行对话的可能性。(不知为什么，所有的专业司机都热爱闲聊。你不必逼迫自己忍受。毕竟，你斥巨资不是为了听别人对布什的财政政策发表高论的。)

于是，你坐在加长豪华车里，离街上那些粗汉十万八千里，阴晴雨雪都无法影响你，从驾驶室传来的寒暄也到不了你的耳边。车里的一切由你一手把控，想去哪儿就去哪儿。如此完美的氛围，来一次浪漫的幽会再合适不过了。

姑娘都爱加长豪华车。在倚着靠背坐定的一刹那，她们便会感到自己受到了宠爱，全副身心都放松下来。她们会变得更加柔媚，更有女人味。她们喝得也比平常多，还依偎着你喃喃细语。她们看起来容光焕发。与看电影和共进烛光晚餐相比，在加长豪华车上的幽会更亲昵，更令人难忘，而且更不易受人打扰。氛围如此别有滋味，亲热时想必也会格外缠绵悱恻吧。

但必须要提醒你，不论是为了寻欢作乐还是洽谈生意，千万不能破坏对待司机的礼仪。这也就意味着你要控制住自己与生俱来的亲和力，然而这并非要表现得粗鲁无礼：礼貌而疏远的态度才是最为恰当的。换言之，绝不要跟你的司机握手，或是问候他“你好吗？”。不要鼓励他直呼你的名字，也绝对不能亲自开车门，哪怕是要等上一两分钟，等司机绕过长长的车身到这一侧来替你打开车门，再请你下车。他们都是专业司机，也会对专业的乘客心怀敬意。

乘加长车外出一两次之后，你也许会开始提出一些更为细致的要求。旧的加长车再也无法满足你的需求。你理想中的加长车，每一个内部细节都必须符合你的要求。车里要有 CD 播放机，而非磁带播放机；内饰是皮的，而不是布的；车内应提供单一麦芽威士忌、刚刚熨平的《华尔街日报》、一台传真机、一个装着小苍兰的银色花瓶——一旦对这种优雅的做派上了瘾，你便永远无法从中脱身了。这一点我们留着以后再谈。

虽然前文已经声明只考虑黑色的加长豪华车，但我们不推荐使用黑色的玻璃，理由有二。首先，它们会吸引那些索要签名的人。你的车刚在红灯前停下，他们便悄悄凑上来偷瞄你，把你误认为英国摇滚明星米克·贾格尔，或者更糟，将你误认为股票套利大王伊凡·博斯基。其次，它们使得你的朋友——若是你的敌人则更好——根本看不见正放下电话、拿起水晶玻璃酒瓶的你。我们推荐使用透明的车窗，但决定权在你。

租赁加长豪华车与大部分租赁生意一样，存在试用折扣价。过程大概是这样的：比如，一天傍晚，六点三十分左右，你发现自己身处曼哈顿第五十五号街和第三大道的交叉路口。一辆辆出租车驶过，但都被别人捷足先登。如果你能明显露出一副急需交通工具的神情，用不了多久，就会有一辆加长豪华车减慢速度，缓缓接近你。你伸手招呼它，若司机看你顺眼，就会停下车来，因为他刚刚把客人送到目的地，在接他之前，有好几个小时需要打发。这位不辞辛苦的司机打算利用这段时间创造些利润。只要把你送到目的地不会耽误他接之前那位客人，他就能神不知鬼不觉地赚点外快。上车前务必把价格谈妥，但可以肯定，绝对比你到加长豪华车租赁公司租一次车的价钱便宜。

试过一次之后，你便一发不可收拾了。你动用自己可支配的收入，为与加长豪华车的进一步亲密接触买单，终于有一天，你为享受极致的优雅做好了准备：坐着加长豪华车去兜风。

在一个惬意的春夜，那黑色巨兽顺从地臣服于你的脚下，缓缓驶过两三个街区。吧台储满美酒，任由你享用。你只需动动手指，司机便立刻响应召唤。车子驶过，一阵艳羡的涟漪在庸庸碌碌的路人当中荡开来——不错，这下有胃口吃晚餐了。

昂贵的激情

除非你恰好生活在那些落后得叫人欢喜的拉美国家——那里不鼓励丈夫们无所事事地留在家中看电视，反而宁愿让他们跑出去与别的女人私通——否则拥有情妇一概是偷食禁果。对上流社会而言，情妇是一种威胁；对家庭而言，情妇是破坏者；对于那些身处商业酒会要保持警惕的男人而言，她们则是行走的诱惑。她们身着黑色的内衣，动辄在香气四溢的浴缸里泡个长长的澡。她们对家务活儿嗤之以鼻。美国百分之五十的已婚人士对她们怀有恐惧或羡慕之情，或者两者兼而有之。总之，情妇是见不得光的。

而正是这一不正当性，使得情妇这一行当长盛不衰。尽管长期拥有情妇需要付出高额的成本，并且因婚外情导致离婚而产生的赔偿金额也在一路攀升（按照我的一位律师朋友的话说，打这种离婚官司的过程相当于争夺对金钱的监护权）。如果情妇为社会所接受，她们魅惑人心的特质将荡然无存。正是那一点罪恶感，加之害怕事情败露的恐惧感，将偷欢的愉悦展现得淋漓尽致，分别也变得格外甜蜜而忧伤。它使得一个男人面对自己的信用卡账单发愣时，脸上也会带着一抹神秘的微笑。

关于账单，我们将在后文详谈，但若是你们当中有谁打算投资情妇事业，我现在就得告诉你，代价并不仅限于经济方面。如果你在错误的时间对着一只错误的耳朵呢喃一个错误的名字，由此引发的情绪和眼泪，其代价几何，谁能说得清呢？晚上本该在销售会议中度过，西装上却残留着香奈儿五号的气息，你拼了老命想将这气息除去，这算不算是一种代价呢？在一间你以为没什么人去的餐厅用餐，却赫然发现认识的人似乎在朝你们挥手，那一刹那间的恐惧，该怎么算呢？还有为了不让定罪证据落入不该落入的人手中，你百米冲刺般地跑向邮箱；一时口误说了要命的错话之后的百般掩饰；以及你没有提前告知凌晨三点才会从办公室回家，不得不七拼八凑，编出叫人叹为观止的借口，这种账又该怎么算呢？

实际上，正是这些日常的阴谋、花招和分泌的肾上腺素，加剧了你对情妇的迷恋。一个女人只是单纯的女人而已，而情妇则不然，她不仅能让你产生生理上的亢奋，还能让你感受走钢索般的惊险刺激。大脑与身体一样喜欢这整个顽皮的游戏。不过这倒也就罢了。仅用金钱衡量的话，与购买一艘四十五英尺的游艇或一匹状态大好的赛马相比，情妇的花费只是略少一点而已。

以下列出的是包养情妇的五类主要开销，将来你若有望成为这样一个色胆包天之徒，对此应该做到心中有数。每个项目分配的具体金额将根据情妇心血来潮的程度、你的负罪程度、后勤供给的级别以及你的信用卡额度而有所不同，所以很难给出一个确切的最低标准。但可以肯定的是，这笔开销比你起初所预计的要多上许多。它大致划分为以下几个方面：

爱的象征

“我是怎样地爱你？”伊丽莎白·巴雷特·勃朗宁写道，“让我逐一细算。”[①] 不过，那是在过去，在通胀前的好日子里，我们的爱不仅能逐一细算，而且负担得起。可惜啊，好时光一去不复返了。如今这个社会到处都是让你将薪水挥霍一空的机会，而你的情妇自然相当乐意引领你一一把握这些机会。先是以钞

① 出自诗人罗伯特·勃朗宁的夫人伊丽莎白·巴雷特·勃朗宁创作的经典爱情诗篇《我是怎样地爱你》（How do I Love Thee）。

票为营养基培育而成的、平平无奇的一束玫瑰花，然后是贵得离谱的小块丝绸纺织品，比如内衣，然后逐渐升级，到卡地亚珠宝、梵克雅宝的首饰和曳地貂皮大衣。直至最后，如果你的爱意和财力足够撑到这一步的话，便是最受情妇欢迎的小饰品——一座爱巢了。若论什么最能叫情妇容光焕发，房子一定是第一选项，它最好位于一个高租金地段，而且租约上最好写上她的名字（当然啦，这一点要谨慎起见）。

形象改造费用

新近觅得情妇的男人往往会改头换面，其焕然一新的程度堪比青蛙变王子，直叫人大跌眼镜。他们开始节食。他们买时髦的领带和下摆贴身的意大利西装。他们打理头发。他们会认真考虑将客货两用小汽车换成低底盘、符合空气动力学且外观拉风的车型。他们将自己清淡无味的须后水换成一种适合奶油小生的调和须后水，以麝香为基调，零售价为每盎司三位数。他们穿着去幽会的行头离开办公室。

这些变化并非无人看在眼里。先生们也许认为自己给出的解释非常合理，但那不过是自欺欺人而已。他的秘书几乎立刻便将一切看穿了，不过还好，反正她不是与他同床共枕的那个人（假设他还尚未堕落到如此彻头彻尾的地步）。他的妻子可就完全不同了。她相信他。她要自己相信他工作至深夜。他找的借口越来越不堪一击，心中的内疚越来越强烈，终于，下面这项花费便应运而生。

用礼物补偿愧疚之情

一旦男人有了情妇，他的妻子便会发现，自己明明什么要求也没提，却常常收到莫名其妙的礼物。丈夫不再像过去那样忽视你，而是对你百般关怀。健康、休闲活动和各路亲戚成了丈夫们最喜欢的话题，他们往往选择其中一种大做文章，至于到底是哪一种并不重要，因为最终结果总是如出一辙：请妻子到某个遥远的地方去旅行，一切费用他全包。

最后，事情往往变成这样：一头雾水的妻子或被打发到法国西南部，去厄热尼莱班小镇享受温泉疗养，或到安第斯山去体验悬挂式滑翔运动课程，抑或是拜访一位住在阿拉斯加州偏僻荒野里的姨妈。不用说，做丈夫的无法陪她同去，因为他有责任在身——工作压力是其中之一，另一项责任则来自一个早已许下的承诺：带他的甜心去棕榈泉度假。

后勤供给

情妇们不去巴恩汉堡（Burger Barn）吃饭，不喝啤酒。过上一阵子，在酒店房间或公寓里吃再奢侈的野餐，也带不来一丝一毫的新鲜感了。这个时刻终于到来：情妇坚持要出门就餐。这下问题可就大了。

你们只能去绝对安全的餐厅。若是为担心撞见隔壁邻居而时刻悬着一颗心，如何消受裹着丝袜的膝盖在餐桌下触碰你所带来的心悸呢？所以，你选择的餐厅范围有限，只能是你认识的人从来不去的地方，而且他们之所以不去，有一个很充分的理由：吃不起。

你浏览着菜单，冲着按英寸标价的芦笋和价值五十美元的羊排难以置信地眨巴着眼睛。此时此刻，你想起身边的爱侣曾赠予你一句迷人的称赞：她爱你对待金钱的那份潇洒。省钱看来是不可能的了，而就在此时，为了确保你不会花不到二百五十美元就跑路，那个皮笑肉不笑的傻瓜侍者拿着酒水单出现了。

经验丰富的侍酒师远在十二英尺之外就能辨认出一对婚外恋的男女。更精明一些的，会将酒水单翻到香槟那一页，然后递给你们。其中最为老谋深算的那些则会主动推荐——不是为你推荐，而是为她——他们深信，情妇无法拒绝香槟。

法式橙酒舒芙蕾，一九二九年的干邑白兰地，还有两位数的小费（既然大方，就大方到最后一刻，保不齐下次还会来呢），这些统统算上，一张适合装裱起来供大家瞻仰的账单就此诞生。

出行

情妇没有车，因为她们不需要。至于公共交通，她们只从报纸上读到过那种事情。开你的车有些冒险，容易被人认出，所以最好另想办法。出租车脏兮兮的，愚蠢的司机唠叨起来没完没了，而且毫无情趣可言。除了加长豪华车之外，你别无选择。

以上列出的种种开销，其金额仍在不断上涨之中。

我要起诉你

一般来说，我的工作是相当愉快的，只需向诸位报告一些奢侈的小享受，使人们觉得活着有意思，每一元钱都挣得有意义——任何一个懂得适当自我放纵、拥有良好信用的人，都能从文明社会中获取这样的回报。不过，这一次，我们要探讨一种昂贵的习惯——唉，它正日复一日地泛滥开来。有无数的可怜人为这个习惯买单，却无法从中获得任何形式的快乐。从表面上来说，它是为了追求正义，可本质上却如此不堪：这个习惯使我们将大笔大笔的钱交出去，交到你根本不愿在社区酒吧里碰到的人手中。

律师的人数竟然多过优秀的厨师，这个世界一定出了严重的问题。年复一年，法学院依旧不停地放出这些讨厌的家伙，让他们在街头成群结队地闲逛，高谈阔论，说着玩忽职守、渎职、赡养费、生活费、侵权和诉讼，以及天知道是什么的其他字眼，让你我这样单纯诚实的人心中惴惴不安。真的，在曼哈顿市中心有好几栋办公大楼（律师们总是对繁华路段的楼盘情有独钟），你不过是在那儿挤电梯时不小心踩了某个人的脚，就可能收到法院的传票。原来那只脚正好长在一个法律界专业人士身上，可就在你知道这一点之前，对方已经按照一九二三年的“舒尔茨控告多诺霍”一案对你提出了“恶意伤害他人身体未遂”的指控。

我的顾虑并非孤掌难鸣。自从人类聪明到能够拼写“诉讼”这个词以后，律师一直是人们由衷唾骂的对象。西班牙谚语说“一位夹在两名律师中间的农民，就像一条夹在两只猫之间的鱼”，丹麦谚语说“律师和画家都能顷刻间将黑变成白”，莎士比亚则说“我们要做的第一件事，就是杀光所有律师”。本杰明·富兰克林、梭罗、爱默生，以及许许多多其他杰出而真诚的人也曾毫不客气地用辛辣的语言，表达自己对这些博学的朋友的看法。这可就奇怪了：几百年以来，律师们一直让人们深恶痛绝，他们为何还能够存在于我们周围，而且队伍还越发壮大了呢？

原因有很多，但最根本的也许在于语言。显而易见，律师们为了一己之私，设立了一套只有他们内部才明白的沟通词汇。听起来像在英语中掺杂了些许不甚正宗的拉丁语，但是对于街头的普罗大众而言，听上去和希腊语也没什么两样。因此，当一个普通人收到传票或出庭通知，或是被法律的箭筒里数不清的各种冷箭之一射中时，他就彻底懵了。这东西说的是什么？我该怎么办？除了聘请一位翻译还能怎么办呢？当然了，所谓翻译，就是律师。于是，律师们最爱的局面便出现了：陷入纠纷的双方坐下来，律师们叽里咕噜地谈上老半天，两边的客户听得云里雾里，而且整个过程按小时收费，价格高得不可思议。

而且，这世上有一条规律，不是人类创造，却是由人类本性支配的，那就是游手好闲者最终总会变成搅屎棍。你也许以为，倘若律师们没有足够的活儿好忙，数量自然就减少啦，混得不好的那些律师会离开这个行当，试着做些真正有用的事情，比如修水管之类的。这纯属妄想。工作不够分的话，他们会无中生有地创造出更多的工作。法律专家们一分再分，将我们的日常生活变得越来越复杂，他们获得的报酬则越来越丰厚。最终，你发现自己不得不与一大群、而不仅仅是一个律师打交道。

第一位是专攻房地产问题的律师，他会帮你解开被另一个律师暗藏在打印得美观又整齐的公寓租赁合同中的圈套。你还需要第二位律师，为你解释聘用合同里的种种微妙之处。如果你对于美国国税局判定你应该为支持美国经济所交纳的税款怀有异议，就该第三位律师出场了；如果你的医生拿手术刀时失误了，第四位律师；如果你离婚了，第五位；还有第六位……这份列表已经太长了，长得叫人灰心，可我们甚至还未提及刑法，或这个从业人口过剩的行业中最为冗余的分支：公司法。遍地都是律师，只有床底下除外，不过，倘若他们的人数继续增长，出现在床底下也并不是太遥远的事。

我们究竟为何需要律师？当然是为了自我保护。因为我们的对手——不论是房东、雇主还是前妻——不愿速战速决，而是选择开展一场漫长且花费不菲的辩论，并且聘用一位专业人士代表自己。妄想凭自己——一个地道门外汉的力量为自己进行辩护，你可能会一败涂地。当今社会，清白者寸步难行，无知会叫人付出惨重的代价。毕竟，十个字里面你顶多只能看懂一个字。你没有别的选择，只能以其人之道，还治其人之身，也为自己聘请一位贴身法律保镖。

所以我们只能假定律师的存在很有必要。可是，这无法解释为何一说起律师，人们就怨声载道，满腹怨懑，我斗胆说一句，人们甚至完全不愿信任律师。为了探明这些反应存在的原因，我们必须深入这些衣冠楚楚的家伙内心，看看律师们种种行为的心理根源。

起初，他只是一个涉世未深的大学生，但是自学习这一行的知识开始，便被反复灌输了一个重要原则：无论处于何种情况之中，绝不能承认自己是错的。究其原因，部分是这样有损于他无所不知的职业声誉，部分是这样可能导致他面临严重的过失诉讼。很明显，要避免出错，最简单的策略就是不发表任何明确的看法，以免自己的发言有一天被证明是一派胡言。这就是为什么法律界对两种久经考验的秘密武器情有独钟，它们使得一代又一代的律师无须主动思考便能维持智慧的外表。

这两件武器中，更为模棱两可的一件叫灰色地带。如果有人对律师提出别有用意的问题，律师们准会一头扎进灰色地带中，正如兔子钻进地洞一样。他会说，从表面上来看，你的这个案子似乎有些棘手。然后他若有所思地点点头，目光从半框眼镜的上方朝你射过去，接着说，但是这案子有些特殊，还有些可以考虑从轻处置的因素，一些无法估量的影响，一两个可能开脱的理由——不，它并不像外行所以为的那样已成定局。实际上，他说，这是个特例，属于灰色地带。

倘若你倒霉到常常得跟法律打交道，那么你很快便会发现，法律几乎完全由灰色地带组成，而律师们因为有机会以一种极其专业的方式说一些彻头彻尾的空话，便享有至高无上的地位。如果你的案子恰好与另一桩案子极为相似，而那桩案子早在五十年前便已有过判决，而且那次的判决至今尚未受到任何挑战，这团混沌的迷雾中便会闪现唯一清晰的亮光。这时候，第二件秘密武器就该闪亮登场了。

判例！判例是多么出彩、多么节省力气且明确无误的玩意儿啊！律师若是想不出对策，他会参考判例；为了击败对手，他会援引判例；他不赞同别人提出的法律新论点，便说从未有过这样的判例。可究竟什么是判例？判例就是一些随着时间流逝变得越来越经典，而且备受推崇的观点，但归根到底，也不过是一种观点而已。判例也许是法律字典中最受欢迎的词，而且比灰色地带具有更大的优势，因为有它作为倚仗，律师可以在不需承担责任的情况下做出决断。

对于律师行事狡诈这一特质，批判至此也就够了。现在，我们来谈谈律师费和其他相关费用的问题。正是这一点令普罗大众对律师的态度从温和的质疑演变为强烈的愤怒。

我们见过有些案子，整个官司打下来要花费几十万美元，和解金甚至多达百万级别。不过那些数字并不真实，有些虚饰过度，很荒唐，就像财政赤字一般不能当真。不过，尽管数字有些夸张，我们却能够从中发现所有律师都具备的一种冲动，即从每一桩案子里把最后一分钱榨干。对罪犯施以惩罚或赋予正义恰当的价值并不是最重要的，律师们追求的不过是让客户“大出血”而已，出现这样的结果也就在所难免了。

所有律师都抱有这种心态。他们会情不自禁地去做这种事，这是一种职业本能，无论是对待数百万美元级别的诉讼，还是微不足道的突发性小事故，统统一视同仁。如果不能立刻让客户“大出血”，“小出血”也是可以的。我本人就曾因为喝一杯咖啡的时间外加十分钟的谈话，被律师收取二百五十美元，不过，他至少是在办公室与我谈话的。我有一个朋友，仅仅因为给一位律师打了通电话，邀他共进晚餐，就被开了账单。这事千真万确。他是否还为律师享受那顿免费晚餐的时间买了单？我没有问，就算答案为“是”，我也不会惊讶的。

我手头没有精确的数字，但是听说目前律师人数的增长速度比总人口的增长速度快许多。律师像小鸡一般，一窝又一窝地破壳而出，总有一天，他们会在整个美国泛滥成灾的。如今，在洛杉矶的某些地方，律师已经占据了人口的大多数，将来这种情况准会愈演愈烈。富人们会请律师进驻自己家中。他们喜欢打官司，想必它会成为继棒球和足球之后又一项风行的休闲活动。而贝立兹语言培训学校可能顺应潮流，专门开设一门课程，教授“法律用语”。我已经预见到了未来，那将是一个灰色地带。

因你而生的西装

有时候，我们不得不忍受生活中的一些小小的屈辱，其中最昂贵、最叫人泄气的或许是第一次走进定制服装店——尤其是那些伦敦的裁缝店。他们的老祖先曾经为纳尔逊勋爵做过马裤，或为摄政王缝过云纹绸缎狩猎内衣。这些主宰布料的大师们站在那儿，身穿十六盎司精纺毛料做的紧身胸衣，背后是镶着红木护墙板的墙壁，墙上还挂着镶了框的奥斯卡·王尔德定做双排扣礼服大衣的账单（说不定至今也没能付清）。他们正等着像你我一般渴望拥有手工定制西服的懵懂稚儿找上门来。

裁缝们态度恭谦，目光却甚是轻蔑，他们上下打量着你以及你自认为最拿得出手的、特地为这种场合精心搭配的行头。“没错，”最后，他们会咕哝一句，“我们的手艺能比这一身好上一些。”

贬损你的着装之后，他们又开始郑重其事地记录你身体的特异之处。真像一出熟练的双簧剧：拿卷尺的人用隐晦难懂的字眼评论你的身体，记录员则将他指出的缺陷记在一本大册子上，因为经年使用，那册子已经变形，侧面高高鼓起。他们并未公然辱骂你，只是好像把你当成了一个聋子、死人，或者一个歪瓜裂枣，必须严实而优雅地包裹起来。

这番点评中没有任何一个字眼含有夸赞的意思，还有许多你闻所未闻的毛病。你拼命装作无动于衷，却忍不住支起耳朵偷听。你听到一些自己根本浑然不觉的问题：左肩下塌，胸部凹陷，腰部位置有轻微的脊柱前弯，疑似驼背，双腿长度不一样——“您平时就是这样站着的吗，先生？”还有几处别的发现，有些毛骨悚然，在此不一一列举了。

到了这一刻，你只想快马加鞭地赶到医院去看病，可是没办法，这儿的任务还没有完成呢。现在你得选定衣服的布料，做出关于纽扣、口袋盖、开衩、翻领和缝线的重大决定——正是因为这些有趣而神秘的小细节，手工定制的西装才比工厂的成衣更令人满意。这个过程大概需要一至两个小时，它本该是一种从容惬意的体验，舒服得叫你恨不得来上一杯香槟才是。可是你发现自己不过是体态问题频出的一颗人形土豆，心理上大受打击，意气消沉，导致决断能力彻底瘫痪。你有气无力，连提出异议的意愿也没有，任由裁缝牵着鼻子，选定了一种标准款式。当然，它比你从前的那些西装的做工都更精细，但并不是你心目中所期望的样子。

买过第一件手工定制西装后，我受伤颇深，好些年不敢再试。可是心头时不时总会涌起一种熟悉的冲动，想要花一个上午在五花八门的布样之间徜徉，找个人聊聊牛角扣，而且这个善解人意的聊天对象不会让我像个带着支票簿的傻瓜。

真有这样的裁缝吗？有的，对于品味高雅的古董商乔治而言，的确是有。乔治与他的裁缝相处颇为融洽，早就超越了草草测量一下内侧裤长，或是一手交钱一手交货的买卖关系。乔治和他的裁缝是朋友，而他的西装则是我见过的最为合体的西装。我也想来一套。不，最好是来半打。最重要的是，我希望拥有一位令我感到自在的裁缝。于是，我携着自己那下塌的左肩、前弯的脊柱和不一样长的双腿，来到伦敦梅菲尔区蒙特街九十五号，去见道格拉斯·海沃德。

手工制衣业的老字号喜欢按照旧式风格进行装潢，老式的护墙板衬托着灰蒙蒙的整体色调。但道格拉斯·海沃德的店与它们截然不同。这儿更像一间客厅，只是架子上没有放书，而是摆满各式各样的衬衣、领带和毛衣。总有一两个人坐在这间“客厅”里，时而讲笑话，时而互相调侃。后面的剪裁间里有音乐飘飘荡荡地传出来。苦恼的客户打来电话，抱怨自己午餐吃得太饱，需要把裤腰放大些。黑色的伦敦出租车停在店门口，等着把西装送到克拉里奇酒店（Clagridges），或是从希思罗机场飞往多切斯特或洛杉矶的航班上。销售代表们带着各自的羊毛料、亚麻布、羊绒和皮料来此谈上五分钟生意，再待上半小时，喝一杯茶。这地方一点儿也不令人畏惧，就连我这个很容易受到惊吓的人也敢这么说。

海沃德本人的风格跟他的店一样，一派轻松惬意。大部分裁缝爱穿那种一丝不苟的西装，看上去像个假人似的。但海沃德不同，他的衣着舒适又潇洒，做起动作来轻松自如。（直到今天，有些英国裁缝仍深受十八世纪军队制服的裁剪风格影响：穿上他们做的西装，唯有保持立定姿势才会合身。）

另一个惊喜是，你发现根本没人审视自己不得体的着装。你可以穿短裤和夏威夷衬衫去试装，店里的人连眉毛也不会抬一下。我曾见过一位顾客只穿着衬衫、领带和夹克坐在店里喝咖啡，因为他的长裤还在里屋熨烫。在这种氛围中，你不知不觉便会放下所有防御。如此一来，定制西装便成了一个无拘无束、友好且从容的过程，这才是它该有的样子。海沃德的店多多少少会带给你这样的感觉。

第一次到访可能需要一个小时。海沃德先与你聊天，聊过半晌后，才会把卷尺拿出来，同时也会告诉你有关布料和剪裁的一些想法。除非你有非常细致的要求——一般人是没有的——听他的建议是不会出错的。总得有人为这套西装负责，他对此可比你要在行。

他把你带到里屋去量身。整个过程就跟量腰围差不多，没有一丝难堪。你们热烈讨论着席纹呢和法兰绒的优点，还有凸形缝、两侧开衩、隐藏式票袋，甚至是最私密的问题——你的生殖器更喜欢待在拉链的东侧还是西侧。用裁缝的话来说，就是“穿在左边还是右边”，他们会在对应的地方多留出些空间来。你一定能够想象，随着这一切的进行，你忙得根本没时间留意有人嘀咕了些什么，又有哪些内容被匆匆记下。被人拿着卷尺在身上来回比画的痛苦荡然无存。

量身完成，布料选定，样式也谈妥了，剩下的事就留给海沃德去操心吧。他会根据你的身形做出样板，剪裁好布料。他的助手负责将布料拼接和缝合。西装就在店内完工。（实际上，海沃德自己也做过裁缝的学徒，他有能力独自做成一套西装。掌握这套绝活的人已经寥寥无几了，而且只会越来越少。伦敦西区曾有过上百名裁缝学徒，如今却只剩下寥寥四位。）

约莫一个月后，你回店里来进行第一次试穿。除非你对将要发生的事早已做到心里有数，否则一定会大吃一惊的。你刚朝镜子里的自己悄悄投去赞许的目光，海沃德就叼着满嘴的大头针扑了上来，将缀在你衣服上的袖子拆了下来。他在衣服上这里掖一下，那里折一下，用大头针固定住，又用裁缝的粉笔在西装上这里那里地画下一些潦草的笔道，这样忙上好一阵，然后才后退几步，打量着你，仿佛是一位雕塑家在欣赏一件尚未完成、但已相当出色的大理石作品。西装被画上最后几个粉笔道后，便与你分道扬镳了。再次重逢之日，便是下一次试穿之时。裁缝会将这套西装完全解体，熨平所有的接缝，按照密码似的粉笔道做出调整，然后再次进行组装。这一次留下的是最终的手工缝线，而缝线是定制裁缝店精致且确凿的标记之一。接下来是第二次试穿，目的是将残留的褶皱处理干净。(整个过程需要大概六周时间，再次定制的话，需要的时间相对会短些。寄往美国的送货方式也甚是随意，当海沃德要去纽约或洛杉矶时，顺路带去便是。到达美国时，他的胳膊上常常搭着二十套要送给客户的西装。)

这时候，这套西装便完全属于你了。你甚至不用照镜子。衣服上身后，你会感觉它是那么服帖，那么舒服，唯独感觉不到它是新的。肩膀处加了小小的衬垫，胸部周围没有任何僵硬和臃肿的装饰，许多伦敦的证券经纪人正是被这样的装饰衬得如同臃肿的细纹鱼。这并不是说你的西装——套用当下流行的说法——“不挺括”。翻领的翻折处优雅圆润，肩膀部位自然平直，而且恰到好处地贴合后脖颈，不似剪裁粗糙的西装，常在那儿耸起一道褶来。袖扣能够解开，正是袖扣该有的样子。左翻领后有一个袢带，用来固定插入扣眼中的康乃馨花秆。换句话说，这是一件非常挺括的西装，而且十分舒适。

与服帖程度差一些的西装相比，这件西装能显瘦、显高（高上一到二英寸吧）。你一定不希望自己这一季像个皱巴巴的降落伞，下一季就像是电影《故园风雨后》里的临时演员吧？那么这套西服在接下来的十五到二十年里，一定会叫你越来越满意的。它不会过时。海沃德从不做奇装异服。

唉，老实说，他也从不做便宜的衣服。西装的起步价格是一千四百美元，夹克衫则是九百美元。说到价格，我们终于发现一个海沃德与其他裁缝之间的共同之处。我问他，做男士西装，其中最棘手的是哪一部分，他毫不犹豫地回答："让他们付钱。"男人和裁缝之间的恩怨情仇大致便是如此。

有钱人吃的蘑菇

普罗旺斯，隆冬的一个清晨。小村庄里的咖啡馆，果渣白兰地和苹果白兰地等早餐佐餐酒卖得很是红火。陌生人一走进咖啡馆，人们絮絮的谈话声便戛然而止。屋外的人们围成一个个密实的小圈子，彼此不打招呼，只是为了抵御寒冷而不停地用力跺脚。他们带着近乎崇敬的慎重摆弄着某种东西，又是看，又是闻，最后，还给它称了重。有人递过钱来，厚厚的好几沓沾满灰尘的钞票，一百法郎的，二百法郎的，也有五百法郎的。他们用口水沾湿大拇指，反复清点钱数，时不时地扭头看上一眼。

从马赛驱车到这里用了不到两个小时。倘若见到这番光景，你准以为自己撞见了一伙偷偷交易海洛因的乡下人。实际上，这些先生们可能根本不知道，也不关心任何种类的毒品。他们的货物完全合法，只是这种售卖的方式有时容易引得人疑神疑鬼而已。他们在以高得离谱的价格售卖结着硬壳、裹着泥土的菌块——他们是卖新鲜松露的小贩。

这类非正规的交易市场不过是第一步，历经随后的几道程序，松露最终将现身于三星级餐厅的餐桌和巴黎时髦华美的高档食品店里，比如馥颂（Fauchon）和赫迪亚（Hediard）。但是，哪怕是在这儿，在这籍籍无名的小村庄，直接从这些指甲盖里卡着泥巴，呼吸中散发着昨天吃的大蒜味儿，开着遍布凹痕、呼哧带喘的车子，拿着旧篮子或塑料袋而非威登公文包的小贩手中购买松露——据他们透露——价格也非常高昂。松露按重量出售，标准单位为公斤。当年，在村子的集市上买一公斤松露，至少要花两千法郎，折合三百六十美元，而且必须付现金。不接受支票，也不给开收据，因为这些卖菌人对于加入那项疯狂的政府计划——也就是我们所说的交税毫无兴趣。

现在我们知道，松露的起步价是一公斤两千法郎。经过一个个代理商和中间商的数次倒手，层层加价，松露终于抵达它的精神家园——博库斯（Bocuse）或特鲁瓦格罗（Troisgros）的厨房时，价格可能已经翻了好几倍。倘若你自己就是一个技艺高超、自信爆棚的厨师，也可以在回家的路上顺便拐进馥颂，花六千法郎买上一公斤。（他们倒是接受支票付款。）

至于为什么松露的价格明明高到离谱，年年看涨，却从不乏为之买单之人，原因大致如下：第一个原因，也是最根本的原因是，新鲜松露无论是气味还是味道均为世上罕有。一小块甚至不如核桃大的松露，便足够改变整道菜的风味。有人将松露的气味描述为“神圣的，令人难以置信的，世上气味绝佳者莫不如是”。这种气味具有很强的穿透性，能透过层层纸张甚至是塑料薄膜弥漫开来。只需要一点儿松露的气味就够了，若是吸入浓浓的一大口则过犹不及，害你坏了胃口，因为那味道是如此浓重，而且有着浓郁的腐烂气息。不过，只要享用得法，松露便会成为一种无与伦比的美味，正如法国著名美食家布里亚－萨瓦兰所说，松露“奢华至极，只出现在贵族老爷及其姘妇的餐桌上”。（这位十九世纪的美食家言下之意大概在强调松露催情的功效，但这项功效尚未得到科学证实。）

如今，我们已经掌握了许多复杂的种植栽培技术，你或许以为，松露也能像其他一些难得的珍馐一般，按照订货量培植和采收，售价想必也能抹掉好几个零了吧。的确，法国人正为此而孜孜不倦地努力着。在沃克吕兹，你常常能见到一些土地上立着“请勿靠近”的告示，天性乐观的人们在那儿种植了橡树。可是，松露的生长似乎毫无规律可循，只有大自然才懂得其中的不二法门——唯其如此，松露才愈显稀有和昂贵——而人类在培植松露方面一直成果欠奉。在人类成功之前，只有一种方法可以不必花费大价钱而得到新鲜松露，那便是最传统的方法。

使用这种方法，时机、知识、耐心、一头猪或一只训练有素的猎狗等条件缺一不可。松露生长在地面以下几英寸的地方，靠近橡树或榛树的根部。在松露成熟期，即十一月到来年三月，只要有足够灵敏的探测器，就能够捕捉到它们的气味。效率最高的松露探测器就是猪，它们生来便喜爱这种气味，寻找起松露来，猪鼻子比狗鼻子还要灵敏。可问题在于，真的找到松露时，猪是不可能摇摇尾巴指示方向，然后便退下的——它非得吃了它的战利品不可。要分散一头猪的注意力可不是件容易的事，你若是试过和一头为美食而发狂的猪讲道理，便知道我的意思了。而且猪的体形庞大，你也不能轻易地用一只手拦住它，好空出另一只手来抢救松露。一头猪至少有一百二十磅重，犯起犟脾气来，意志坚定得很。你尽可以放手一试，反正它绝不让步。既然猪生来带有这样严重的缺陷，体重更轻、更听话的狗狗变得越来越受欢迎，也就不足为怪了。

狗与猪不同，它们对松露并没有天生的嗜好，所以必须进行专门的训练。首先，你得给这只狗一些它喜欢的食物——比如一片当地的大红肠——将它在松露上蹭一蹭，或是在松露汁里蘸一蘸，狗儿便会将松露的气味与美味大餐联系起来。你对松露的喜爱会渐渐感染这条狗，倘若你足够幸运，拥有一条特别机灵的狗，那么进展可能相当神速。几周或几个月后，狗儿便为野外勘测做好了准备。如果你的训练足够充分，狗儿的性格适合做这份工作，同时你也知道该往哪个方向去找，你会发现自己拥有了一只“松露探测狗”，它能够引领你走向开掘地下宝藏的道路。等狗儿开始抓刨泥土时，拿出一些香肠把它引开，然后，你再小心翼翼地挖出那一团貌似“黑黄金”的东西就可以了。（当地人便是这样称呼松露的，因为松露内部是一种极其深沉而浓郁的黑色。若是与松露放在一处，连黑橄榄也会被衬出几分苍白。）

对于那些既没有猪，也没有狗的可怜人来说，还有第三个办法。知道该往哪个方向走，这一点仍是必需的，但是这一次，你还得等待合适的天气。看到阳光洒在一棵可能长着松露的橡树树根上，你要小心凑过去，拿一根棍子，绕着树干的底部轻轻地戳。如果看到受惊的苍蝇从灌木丛中直直飞起，看准这个位置往下挖。你刚才打搅的可能是一种特殊的苍蝇，它们祖祖辈辈都喜欢将卵产在松露上（无疑给松露增加了一种妙不可言的风味）。沃克吕兹的农夫最喜欢这种方法，因为拿根棍子四处转悠总比带着一头猪走动要低调些，要保守秘密也更容易些。松露猎人与精明的记者一样，懂得保护自己的资源。

如你所见，挖松露是一项费力、肮脏并且可能徒劳无功的营生。说到肮脏，恐怕松露的售卖和分销环节才是最不可告人的。无可否认，关于松露的负面消息，并没有达到数年前爆出的波尔多葡萄酒丑闻那种程度，但坊间的确流传着一些说法，称没有一桩松露买卖是完全诚信公平的。倘若有哪个购买松露的客户莽撞地对松露贩子提起这些居心叵测的谣言，对方的反应一般是无辜地耸耸肩，表示不相信人类会堕落到如此地步。因此，接下来我将描述的所谓松露骗局，都缺少可考证的事实依据。

第一种骗局，就算它真的存在，也没有任何方法能够证实。法国有些地区因为盛产某种顶级食材而名声在外。比如，尼永出产顶好的橄榄，第戎种植优质芥末，卡瓦永有着最美味的甜瓜，诺曼底则提供最香浓的奶油。至于最上等的松露，一般公认来自法国西南部的佩里戈尔。人们自然愿意为这里的松露掏更多的钱。可是，你怎么知道自己在卡奥尔买来的松露，不是从几百公里之外的沃克吕兹挖出来的呢？除非你认识自己的供货商，而且百分之百地信任他，否则松露的来处就无从鉴定。据估计，在佩里戈尔售卖的松露中，产自别处而被人为划成“本地户口”的占到百分之五十。

此外还有一种神秘现象：从离开地面到躺在秤上的这段时间当中，松露不知怎的会凭空增加重量。兴许是有人为它裹上一层新的泥土，充当礼品包装吧。也可能是有一种比松露更重的物质，莫名其妙地钻到松露内部去了——一刀将松露切成两半，才会看到一块金属赫然出现在刀刃下，在此之前，你只会被完全蒙在鼓里。

听多了这样的故事，你可能决定将购买新鲜松露的重任留给专家，自己则采取更为稳妥的做法——去买松露罐头。虽然松露的风味可能有些打折，但松露的美味不会变，昂贵的价格也不会变。可是有一点可能会变，那就是“产自法国”。据说，一些贴着法国标签的法国松露罐头，里面装的实际上是产自意大利或西班牙的松露。如果这是真的，这一定是欧盟国家之间盈利最丰厚、保密程度最高的合作行为了。

虽然欺诈的风言风语始终萦绕不去，而且价格年年上涨，法国人却依旧循味而至，为松露大方解囊，其中还不乏一些值得诉诸笔端的慷慨精神和热爱美食的喜悦。

以下试举一例。

我在本地最喜欢的一家餐厅，目前尚未引起《米其林指南》评审员的注意，因此得以保留着原始风貌。至于为何没能吸引评审员，也许是因为它同时也是一家村庄酒吧，同时兼具滚球俱乐部的身份，那里没那么多的软垫，装饰也不够浮夸吧。老人在前面玩牌，客人在后面吃饭，以我的经验看来，他们的菜式至少达到米其林一星的标准。价格也颇为合理。店主负责烹饪，一位太太，即店主的妻子负责招呼客人点菜，其他家庭成员则在店堂和厨房帮忙打下手。这是一家舒适的社区餐厅，似乎并未铆着劲儿要给自己镀上一层金，将天才厨师变成招牌，把令人愉悦的餐厅变成公款消费的殿堂。

主厨是一位新鲜松露的忠实拥趸。他有自己的供货商，跟大家一样用现金结账，没有可以作为付款凭证的收据。对他而言，这是一笔可观且合法的经营成本，但却无法从餐厅的利润中扣除，因为没有任何书面依据能够证明这笔钱花了出去。与此同时，主厨不肯因涨价而让自己的客人们不快——哪怕是一份堆满了松露的菜肴，依旧维持老价钱。（在普罗旺斯的冬天，前来光顾的食客基本都是当地人，他们花钱很谨慎。可以大手大脚花钱的日子通常要等到复活节以后。）

我在十二月的一个寒夜到那家餐厅去用餐。送餐桌上的铜锅里装着价值几千法郎的松露。菜单上印着一道菜名：主厨推荐的新鲜松露蛋卷。原材料的成本与菜单价格严重失衡，餐厅的女主人却尽力表现得面不改色。我问她丈夫这样做的原因。她耸耸肩——双肩耸起，双眉上挑，嘴角却往下耷拉——“大家开心就好。”她说。我点了蛋卷，那滋味简直绝了。

写给白松露的拥趸：顶级白松露来自皮埃蒙特，很不幸，皮埃蒙特地区位于意大利，而且法国人是彻头彻尾的极端民族主义者，所以，白松露在此地远不像它的黑色表兄那般受人待见。

珍贵的老物件

此事已经演变成一种小型运动。从曼哈顿苏荷区和格林尼治村美轮美奂的精品店到巴黎和伦敦的跳蚤市场，从纽约上州到洛杉矶起伏的柏油路，成千上万人耗费一个又一个周末的下午，满怀希冀地在别人家的旧物堆里挑挑拣拣，希望能够有所斩获。这项风靡一时的运动甚至催生了一个俗气的专用词：我们去“淘古玩”吧。

十八世纪的尿壶，密布虫眼的大衣橱，维多利亚时代阴郁的胖仙女裸体像，遍布裂纹、模糊不清的镜子，这些东西到底魅力何在？我们方便舒适的家里真的需要添置一个由大象后腿制成的伞架、带十分之一坡度的长餐桌、破旧不堪且摇摇晃晃的长柄锅、痰盂或烛台吗？不，当然不需要。但是我们会抢着买，出价往往高得不可思议，还为自己慧眼识珠而沾沾自喜。这蒙尘的古董虽然散发着一股积攒了上百年的灰尘味儿，而且里里外外都需要修复，但真是买值了。

为了满足我们的收藏癖，一个国际产业正在茁壮成长，蒸蒸日上。它将化妆台从威尔士运到加利福尼亚，将被褥从宾夕法尼亚送到日内瓦，将长翅膀的小天使从意大利运到曼哈顿——它们横跨大西洋，每经一次转手，价格便要加上好几个零。可我们还是会买。这是为什么？

最常见的理由要归功于人类永不磨灭的乐观精神（历史已经证实，这种精神常常被用错地方，招致危险）：我们相信自己买到了便宜货。犯错和付出惨重代价的都是别人，不是我们，虽然所有经验都告诉我们，天下没有白吃的午餐，也没有白占的便宜。

若是朋友们一听到我们购买的新艺术派衣帽架的价格便大惊失色，的确会影响我们对短期回报的信心。但是，我们会死死抓住长期投资这根救命稻草不放。也许现在看来是挺贵的，但是等上五年你再瞧吧。古董商——一个罔顾装潢潮流的职业乐观主义者——说了，衣帽架的价格准会飙升的。

这种可能性倒也不是没有，若是真的实现，几百美元的衣帽架就能卖出好几千。可是，除非你干的恰好是古董买卖的行当，否则你并不会真正在意这一点。真正痴迷古董的人都是名副其实的业余爱好者，买古董是出于喜爱，是一种快乐的放纵，一种能从中获得无数满足感的嗜好。

其满足感之一便是喜爱老物件更胜过新的。当然喽，老旧的松木抽屉柜不会像上星期在北卡罗来纳州工厂刚拼装好的新家具那样实用，它会有一些翘曲和变形，抽屉会卡住，把手可能有些松动。尽管如此，它自有一种无法复制的魅力，足以抵消所有的瑕疵。经年的使用将木头摩挲得十分光滑，泛着温润的光泽。它的形状不是特别规则，因为它是由手工切割、刨平和组装而成。手工艺人的个性渗入了这件古董之中，它是独一无二的。

于是你决定买下它。对于业余爱好者而言，达成交易的前戏本身就是一件乐事。这一刻，你会脱去鉴赏优雅古物的品鉴家这层身份，摇身变为执拗的小贩、讨价还价的高手、买便宜货的行家——实际上，你先得破译价格标签上那些不知所云的符号，才能够成为这样的人。

许多古董商人都拿密码为古董标价，这习惯真是令人厌烦。有时候是一对一地用字母直接代替数字，A 等于 1，D 等于 4，以此类推。但更常见的情况，是古董商为标签上的字母赋予极为复杂的含义，除了他本人之外，其他人都看得云里雾里。这不，我们发现自己的抽屉柜上清晰地标记着“XPT”。

这是什么意思？我出 XOS 元立刻买下，他肯吗？这无赖就不能像美国著名的布鲁明戴尔商场那样直接标上美元和美分吗？他在玩什么把戏？

这个把戏的名字就叫作“看人出价”。你端详那个抽屉柜的时候，古董商也在看你，你们站在不同的立场，思考着同一个问题：多少钱？你的穿着，你的购买意愿的强烈程度，他的出售意愿的强烈程度，都可能引起价格的强烈波动。但你是被蒙在鼓里的那一个。这是古董商的小把戏之一。

倒也不必因此而苦恼，因为你也可以耍花样。把对方叫过来，让他出个价。不论他报出的数字是多少，一概不理。不，不，你说，给我个同行价。（通常要低得多。）

这位古董商会眯起眼睛打量你：你真的也是一名古董商，还是裹着笔挺西装的强盗？你给他一张名片，让他看你的支票簿，上面赫然印着证据：**库柏古董，仿古家具，看货需预约**。

我认识一个人，多年来他一直是这么做的，如今他的房子已经以“特惠同行价”装修完毕，虽然他并不比屠夫家养的狗更像一个古董商。我问他，这算不算一种欺诈，就连颠倒黑白的法官也会称其为“不实陈述”的骗局吧。他只是咧嘴一笑。你不知道吗？大部分的古董，当它们终于在某个人的家里落脚之前，都曾在许多古董商手中被来回倒腾许多年。他说自己耍的小伎俩，不过是为了帮助古董商将囤积的货物尽快卖出而已，是在帮他们赚钱。然后古董商才能从别的同行那儿购进更多古董。照他看来，他是在给整个行业添砖加瓦。

你也许不愿意伪装成一位正经的古董商，那么退一步说，你也不可一时冲动立刻按对方的出价交钱。你得讲价，但千万别挑这古董的毛病，尤其是那些岁月留下的痕迹，比如怎么腿摇摇晃晃的啦，到处是长年累积下来的斑点啦，这里有凹痕，那里有伤疤啦。古董商正巴不得你这么做呢。实际上，如果你不将这些瑕疵一一指出来，他才真的难过。这些印记也许是他在工作室里捣鼓了好些天，才弄上去的。

让某个物件在一夜之间变旧，本身也是一种艺术。说是“折磨”它也可以。一个具有天分的做旧匠人，利用生锈的钉子、浮石和一种油烟和蜂蜡的混合物，就能做出逼真的效果，真的令人称奇。还有更神奇的呢，他们能让三条腿的椅子突然长出第四条腿，能让表面坑坑洼洼的镶嵌细工家具恢复光滑和平整，还能将原本为小矮子打造的桌子拔到普通成年人的高度。

尽管这样的“修复”创意十足，叫人叹为观止，但总有一些令人扫兴的家伙特别喜欢贬低它们。我们的朋友当中，总有那么一个自诩为专家的家伙，似乎他的人生目标就是为了告诉你，你买到了赝品。你的愚蠢令他连连摇头，他会列出翔实的细节，将你由于太过迟钝而未能发觉的破绽一一指出。这东西不坏，他会说，但若要称其为古董，我可说不出口。见鬼了，这有什么关系呢？如果这件旧物能让你高兴，如果赝品做得足以乱真，又有谁在意呢？你买它来，只是为了使用，又不是要倒手卖出去。这位古董万事通真让人讨厌，应当把他锁进纽约大都会博物馆的最深处，让他去研究前哥伦布时期的坐浴盆才好呢。

不过，事情偶尔也会来个一百八十度的大转折，有时，一件真正的古董反倒被人随意处置，仿佛它不过是块胶合板。有一次，我在曼哈顿逛一家古董商店，一个装修设计师带着他的客户进来了（我之所以这么推断，是因为他进店还不到十分钟，就轻轻松松花了几千美元）。他在一张华美的十五世纪橡木餐桌前停下脚步——百分之百的真品，品相良好，一件稀有的宝物。他听了价格后，眉头也没皱一下。“我们买了，”他说，“但是你得把桌面锯掉两英尺，不然没法放进早餐室里头。”

古董商惊呆了。我不忍心见到别人内心纠结挣扎的样子，便赶紧离开了。因此，我没看到他究竟是卖掉了那张桌子，还是守住了自己的原则。就我个人而言，我喜欢把古董利用起来，而非仅仅当作摆设。但我忍不住好奇，如果制作那张桌子的匠人知道自己的作品为了被放进早餐间而被削去一部分，会有什么样的感觉？

这些年来，我被各种各样的古董吸引，称得上是博爱了，但没有一样是精通的。我喜欢齐彭代尔[①]式的椅子、中国瓷器、

① 托马斯·齐彭代尔（Thomas Chippendale，1718-1779），18世纪英国杰出的家具设计师和制作家，被誉为“欧洲家具之父”。

厨房物件、拉利克[1]的玻璃工艺品、乔治王时代风格的抽屉桌——总的来说，除了艺术品之外的一切我都喜欢。艺术品是一个自成一体的世界，而且价格实在过高。虽然我有志要做一名收藏家，可惜的是，我已经明白，自己的天性并未赋予我与这志向相符的能力。如果家中摆放的物品连碰也不能碰，还必须轻手轻脚地绕道而行，想必我是无法忍受的。是椅子就该让人坐，是餐桌就该在上面吃东西，是玻璃杯就该盛酒，是床就该让人随意躺卧，而不必感觉自己在亵渎什么，担心把什么弄坏了，害怕承受经济损失。如今，我使用的家具物件，要么十分结实牢靠，要么就是可以轻易找得到替代品的。没错，它们或许古老而沧桑，但很结实。脆弱的东西，我总是躲得远远的。

还有一些事也是我极力要避免的，如果你不是什么绝世大富豪，同样也该对其敬而远之。那就是时髦的拍卖会。

那种身着貂皮大衣，胳膊下夹着光滑的目录，亲临大型拍卖会的人，与你我不是同一类人。他们也许是声名赫赫的古董商，也许是基金会的专业竞买人，或者干脆就是个顶级大富豪，但是他们有一个共同点：财大气粗。当这些财大气粗的人同时出现在火爆的竞价现场，价格会在数秒之间接连创下新高。如果你出于好奇，决定旁观这一掷千金的狂欢，必须将按兵不动的黄

[1] 勒内·拉利克（René Lalique，1860-1945），法国杰出的装饰艺术宗师，约从1910年开始尝试玻璃材料，以香水瓶设计为契机开启了对艺术玻璃的发展与革新。

金法则谨记在心。

哪怕你只是心不在焉地挠了挠耳朵，也有可能吸引拍卖师的目光，接下来，你便发现自己一手拿着一个十二世纪的放血杯，一手拿着账单，那是一个必须抵押房产才能贷款偿付的数目。你还是去关注新艺术风格的衣帽架吧，这样比较安全。

家有用人

我希望每天读早报之前，已经有人把它熨平；我希望我的皮鞋被妥善地放入鞋撑，然后擦得锃亮；我希望有专职司机替我开车，自己则坐在后排优哉游哉；我希望有人为我铺床，为我洗碗，为我修剪草坪，为我斟酒，为我接电话，总之各项日常琐事都有人替我料理，不着痕迹，干净利落。而我的时间则用来心无旁骛地思考大事，比如晚餐配什么酒，下一届村主任选举时该选谁。

这才是理想的生活，但需要钱，以及用人。

拥有专属用人的好处有目共睹，乍看上去叫人好不向往。所以有许多年轻人，还没把事情想明白，便兴冲冲地找起男管家和女佣来。你也许相信，也许不信，但我得说，这其中也有弊端，只是没那么明显。这一点我将在后文详谈，首先要说点儿中听的。

有用人帮忙，最显而易见的好处是不用面对那些不喜欢、不舒服、可能带来危险的事情，替你省去不少麻烦。用人们替你打点日常生活中所有琐碎却必不可少的细节，比如处理垃圾，每天清晨为你搭配外出服装，随时补充酒水存货。你可以叫他负责圣诞节的采购，也可以派他替你在电影院排队，好让你安心把晚餐吃完，或者把他支到乡下去，替你把乡间宅院打扫干净，甚至叫他横卧街头，永远替你占着停车位。倘若不小心闯入一个声名狼藉的街区，只要身边有个大块头的随从，你便可以胆壮气粗了。你只管去找出租车，与抢劫犯周旋的任务就交给他吧。

除了能为你带来切实的方便以外，用人也是一种社会资产。他们能凸显主人的尊贵，尤其是散发着异国气质且不会说英语的用人。我个人最喜欢的是流亡在外的波兰贵族后裔。或者，也可以根据世界各国用人之特长来做选择：法国的厨子（舒芙蕾做得美味绝伦），英国的贴身男佣（深谙服装穿搭之道），德国的私人司机（对付机械是把好手）。具体用什么样的用人，要视你说的哪一种语言，以及你家房子规模来定。

不幸的是，家中有用人的坏处也随之凸显出来。哪怕用人个头再小，也必须占用房屋里的空间。他们必须有自己的房间，否则你可能在自己的卧室里一次次被清洁女工绊倒，与男管家为选择电视节目争论不休。过去的日子是多么美好啊，尽管将用人们往阁楼里一塞了事，他们会就着一星摇晃不定的烛光，将银器擦得雪亮。可是如今，用人们的住所至少得有一间独立的卧室、一个卫生间以及一个起居室。若是论舒适程度和装潢标准，自然不能与富丽堂皇的主人家比肩，可即便如此，若按当前的租金水平来折算，相当于你每月也额外掏了好几千美元。

兴许这也不是什么大问题。说真的，也许你宅心仁厚，乐于照顾自家的用人，衷心希望他们真的“宾至如归”。他们自然会的。不过俗话说“好人难做”，你虽然慷慨大方，却不知道自己在鼓励他们更加“不拘小节”，结果是他们俨然成了这个家的小辈。很快，就像英国上层阶级说的，他们一定会“忘乎所以”，也就是说，处处显出对主人的不尊重，惹得你心头火起。比如晚餐上菜时在你背后聊天，对你选择的领带和苏格兰威士忌说三道四，对你的客人表现得过分熟络，要求增加假期，凡此种种，不一而足。

也许你为人宽容，并不对此斤斤计较，以为这样就能过上平静悠闲的生活，可更糟的还在后面呢。用人终将老去，变得脾气古怪，比如爱尔兰乡间有栋宅子的管家，晚餐后为主人端上咖啡时，总是一丝不挂，浑身还散发着陈年布什米尔威士忌的气味。主人永远不会辞退他，部分是出于情感，部分是因为他与都柏林的赛马群体关系密切，但那都是题外话了。

最后一个隐患：倘若家中处处有用人，你的个人隐私将荡然无存。试想一下：你在办公室苦熬了一天，回家后只想泡个热水澡，来一杯冰镇香槟，花上一小时安静地想想事情，好让自己恢复活力。真是想得美啊！你宽衣解带的时候，衣服尚未落地已经被贴身男佣抓住。你逃到浴室，以为能独自在这个热气氤氲的地方待上一阵子，却看见女佣正用胳膊肘试水温，还问你是否需要她帮你搓背。男管家拿着香槟走了进来。贴身男佣从门后探出头来，询问你晚上的安排，以便他提前为你准备一套合适的行头。浴室电话响了，是司机打来的，问你计划何时用车。整个世界围绕着你不停旋转，虽然他们个个怀着关切和好意，却仍然如噩梦般骇人。

有用人在，独处便成了痴人说梦。你选了一个房间，想在里面安静地沉思片刻，不知为何，他们总能在这个房间里找到需要处理的工作。也许，他们是想证明自己没有偷懒，希望自己的勤奋有人见证，这是一种本能。如果你恰好坐在图书室，过上一会儿就会有人蹑手蹑脚地走进来，给书本的封面掸灰。你回到自己的书房，他们会尾随而至，这次的任务是更换报夹。再过上一会儿，听到西班牙俗语将用人描述成“避无可避的敌人”，你准会感到道尽了自己的心酸。

当然，你可以叫他们走开，让你一个人待会儿。不过，除非你是那种面对一只英国可卡犬都能一脚踢开的铁石心肠的人，才不会被他们缩手缩脚地从房间退出去时朝你投来的伤心而自责的眼神所影响。否则你会追悔莫及，为自己的恶劣行径做出补救，在接下来的时间里对他们过分和颜悦色。无论如何，除非你非常谨慎，否则你的日常安排和性情都会受到共处一室的用人们的影响，最后你的生活像是围绕着他们打转。

那么，有变通之道吗？自己擦鞋，自己铺床，自己开车，将每一刻的闲暇空余时间都花在这些琐碎乏味的事上？身为公司领导，却被下属看到你那双粗糙的“家务手”？抱着满怀的卫生卷纸在超市被撞见？这一切你能忍受吗？与用人生活在同一个屋檐下可能时时会被触怒，可如你一般身份尊贵、品味高雅的人，离了他们又怎么像话呢？

不必绝望。我费了不少时日思考关于用人的两难问题，而且依我看，解决之道已然找到——你想要隐私，用人便尊重你的隐私；你需要服务，便有服务人员全天候供你差遣。而且，除了不时给些小费之外，再不用多花一分钱。

现在每个公司都有一套现成的“服务班子”——清洁工、给电话消毒的女工、物流人员、司机、维修工、秘书，甚至还有令人头晕的高级别人员：私人行政助理。你只需要用一个大胆且想象力十足的办法，将这个服务班子加以充分利用即可。整套构架已经就位，只需一些细微的调整和补充，便可使其完全符合你的要求。

只有两条原则需要坚守。第一条是，你聘用的这些人都要纳入公司的职员名单。第二条是，不要让他们当中的任何一个住进你家里。

你会需要两名司机——一位是你的专职司机，另一位负责接送从你家中进进出出的职员。你还需要一位清洁工以及一位管家负责监管、维护家中日常事务，一个品味不俗的男佣帮你打理衣柜。然后，厨师总得要一个吧。此外，也许你家的室内植物也需要专人照看，得保证你家每天都能换上新鲜的花儿。

一共七个人。对于一家公司来说算得了什么？根本就不值一提。一位董事长需要配备三名秘书、一名司机、一个开里尔喷气机的机长、一个讲演稿撰写人，以及至少一个在办公时间为他服务的助理。与他相比，你的随行团队已经很精简了。对了，你也许还得额外聘用一位侍酒师，替你好好打理酒窖。

当然喽，总有人会四下里嘀嘀咕咕地发牢骚，比如公司的财务或人事部门里某个好管闲事的家伙，但他们担心的不过是名目问题，而不是公司的规矩。"'贴身男佣'也列在职员名单里，太不像话了。"他们会这么说，一听就是没事找事。但你转念一想，也不无道理。那么就换一个称呼——企业形象顾问或着装顾问，都可以。只要听起来显得煞有介事，一本正经，也许就能避免非议。于是厨师摇身一变成为家庭经济学家，其他几位也成功隐藏在公关部门那真伪难辨的保护色之下。

就这样，大功告成了！拥有听你差遣的用人、完全属于自己的家、最低廉的管理费用——想到此处，不如我也重返办公室，好好工作去吧。能吸引我这么做的诱惑可不多，解决用人的问题可算是其中的一个。

为吝啬鬼美言

就其本质而言，奢侈的嗜好不仅能带来物质上的享受，而且因为只有少数幸运儿消费得起，因此更能带来心理上的满足。倘若邻居、司机和送杂货的小工都能与你享受同样的生活水准，想必就算吃珩鸟蛋、穿四股纱线的羊绒衫也无法给你带来长久的满足。社会历史的进程中曾出现过无数昂贵的嗜好，比如精神分析、旅游啦，可它们一旦降格到人人可得的地步，便再也不值得追逐了。不过，但凡有哪种嗜好面临“降格”的危险，足智多谋的人类总是能够发明更为罕有，甚至更加奢侈的替代品。值得一提的例外只有一个。

那便是圣诞节。在各种机缘巧合之下，它将自己营造成了一项全民参与的昂贵嗜好。世上有数亿人享受（更可能是忍受）

这个节日，其中大部分人都被它害得囊中羞涩。起初，圣诞节不过是简单的宗教庆典，到如今已经演变为一场商业狂欢，耗费的金钱堪与五角大楼的预算相媲美。随着节日的气氛越来越浓，人们开始“冤冤相报”般互赠礼物。平日里头脑清醒、处事稳重的人，到了每年的这个时候，却也不能免俗。他们一头扎进那些诱人的礼物中，煞有介事地研究起来，这些礼物包括能用多种语言播报体重的体重器、铂金牙签、男用和女用的压力检测仪、鸵鸟皮办公用具套装、压花丝绒慢跑服、个性十足的十九世纪痰盂仿制品、在水下也能写字的钢笔、昂贵的煮蛋计时器、会弹跳的香皂、发光的卧室拖鞋。每样都很鸡肋，却不至于糟糕到没机会送出去的地步，只是收到礼物的人可能会一脸震惊加尴尬。

若要解释这场席卷全球的购物狂欢因何而来，厚道一点的说法是，它源自人类心灵中与生俱来的慷慨，但我却不敢苟同。在我看来，人们完全被“施比受更有福”这一错误的观念洗脑了。而且我要将主要罪责归到一个恶人的身上。

他无名无姓，却无人不知无人不晓。一年当中，他有十一个月踪影全无，大家盼着他被一大口鱼子酱噎死，被他自己拥有的数不清的小电器中的一件电死，可事实上并没有。十二月一到，他便再次露脸，从他那位于三十六层的三居室套房里跑出来，挑唆我们将钱财挥霍一空。很显然，这个人就是“应有尽有先生”。

怎么就没人给他一瓶香槟、一本好书，叫他老老实实待在家里，让我们继续过太平日子呢？真是个不解之谜。这个混蛋已经应有尽有，我们为何还要不断给予他、满足他贪婪的胃口？同样成谜的还有他那明显更需要救济的表兄，穷得叮当响的“一无所有先生”。他被遗忘在地下室里，憔悴黯然，连一条能让人精神一振的真丝内裤也得不到，我指的是那种绣着名字的首字母、带军装式斜纹的真丝内裤。不过，圣诞节跟生活一样，本来就是不公平的。

即便你非常幸运，不认识这么一位“应有尽有先生”，要做到无债一身轻地迎接新年也难于上青天。身为一个大方慷慨、做事有条不紊的人，你总要费些思量，寻觅妥帖的礼物送人。礼物不能太贵，也不至于廉价，送给朋友、爱人、秘书、和气而年迈的赌注登记人，以及在过去十一个月中点缀了你的生活、值得感谢的各色人等。可惜百密一疏，事到临头总会有两个方面的势力同时朝你的钱包发起伏击，导致精心策划的预算变为赤字。

一方伏兵是忠心耿耿的服务人员。你一整年也没跟他们打过几次照面，他们竟然时刻惦记着你的福祉，可真是够叫人惊讶的。从十二月初开始，他们不知从哪儿一个接一个地冒出来，利用喜气洋洋的小纸条和卡片传情达意，祝福你节日快乐，祝愿你来年能够继续享受快捷的垃圾回收服务、熨得笔挺的衬衫、安全的停车场、干净的电梯、巡逻到位的公寓大厅以及无故障的下水管道。倘若你对这些暗示视而不见，那可得小心了，来年你家的垃圾可能无人收取，衬衣领子被烫得焦黄，汽车挡泥板坑坑洼洼，门卫总是冷若冰霜，水管工对你的求助充耳不闻。但是至少，你用不着为这些人跑去购物，他们想要的东西要更私人化一些，即原本你辛苦挣来给自己用的东西：钱。

更叫人始料未及的是来自另一方的攻击，它总在最后一刻出现，打得人措手不及，你只得花大价钱勉力应付过去。你以为自己和某人的交情仅限于互赠圣诞卡片而已，不料对方突然单方面将你们的关系提升为亲密友人，并送给你一个包装精美的硕大礼物盒，上面真挚地贴着标签。也许盒子里装的是一个丑得出类拔萃的白蜡花盆架，也许此时圣诞节已迫在眉睫，你可以用来购物的时间只剩下四个小时。可这是个心意问题，如果不回礼，整个假期你都会深深地感到内疚。于是你忍痛放弃与销售分析部那个金发美人儿小酌一番的安排，鼓起勇气冲进商店，加入抢红了眼的最后一分钟采购大队。

毋庸置疑，在平安夜，要做到理性购物纯属痴心妄想。你仿佛处在一群拿着赊购卡的猛兽之中，他们推推搡搡、见什么抢什么，还用包装精美的钝物撞你的腰。在这样的抢购狂潮中，没有人在乎礼貌不礼貌。大家行行好！别挡着我！我先看见的！

你惦记着赶紧逃离这座疯人院，千万不可越陷越深。你打算随便买个什么就好，至于价钱，管不了那么多了！

而“圣诞老人作坊”这家店的销售经理，早就对每年十二月都要上演的大规模抢购司空见惯了，也知道在这种时候，平日里的滞销货会瞬间被抢购一空。因此，你会发现陈列出来的商品尽是些稀奇古怪的东西。你一边震惊地打量着柜台，一边理所当然地认为，任何一个脑袋瓜正常的人都不可能将这样的东西送给朋友。可实际上，他们不但可以，还真的这样做了。而且那个收到礼物的朋友有时候不是别人，就是你自己。

这件让人尴尬的礼物可能以任何模样出现，但它总会凭借以下特质脱颖而出。首先，你每次见到它都会皱眉——比如一个印着可爱箴言的靠垫，或是一个有着噩梦般配色的硕大装饰品。它不会被损耗，也就是说，你找不到借口让它从你的客厅里消失，吃光了、用光了、磨破了之类的理由统统用不上。最糟糕的是，你不想让送你这件礼物的人伤心。他常来你家做客，而且进门之后的第一个举动，就是检查那件莫可名状的东西是否还打眼地杵在你那其余角落均无可挑剔的家里。一年又一年过去了，你得准备好几个柜子，专门收纳这些讨厌的玩意儿，只在赠送者到来之前才把它们拿出来掸掸灰。他们见你对自己赠予的礼物如此关爱有加，自然大为感动，并牢牢记住在你生日那天，再次赠予你一件类似的玩意儿。

不过，时不时地也会有些出人意料的礼物，能够给心肠最硬、对节日格外冷漠的人带来一些快乐。我有一个朋友，他对圣诞节非常厌恶，大概唯有对岳母的嫌恶可与之媲美。岳母每年上门拜访的时节，便成了他一年中最郁郁寡欢的一段日子。不过，某一年平安夜，岳母除了送他一条大众款式的领带外，还把流感也一并附送了。于是，这位朋友一直卧病在床，直到岳母在元旦节离开那天也没起来。虽然鼻子堵得难受，他的心情却好得出奇。他说，这是他平生第一次不想把岳母送的礼物还回去。

可是，难道一说起圣诞节，我们就只能想到钱和礼物吗？这显然是不对的。还有别的代价呢。比如不得不参加的聚会，特别是那种老少几代齐聚一堂，共享“天伦之乐”的时候。曾有一位社会学家提出一种理论，圣诞节可能是最容易导致家庭纠纷的原因，在这方面，可与之一战的只有另外两个原因，一是邋遢的浴室使用习惯，二是婚外情。而且我们不难发现他是如何得出这一结论的。

典型的节日聚会由孩子、父母和祖父母三代组成，这组合本身就够令人不安的了，如果邻居来坐一坐，世交朋友来喝上一杯，场面就更复杂了。孩子们大清早五点便起了床，摔烂了几样不经摔的玩具，耗到十一点，正等着吃午餐。中午十一点是一个大人们伸手拿酒瓶不会觉得有失体面的时刻，这时候，第一批访客到了。小比利的玩具枪电子感十足地“咯咯”直响，立体声音响中传来颂歌节目洪亮的音乐声，大家顽强地扯着嗓门闲话家常，想用谈话声将这些杂音压下去。祖父母觉得太吵了，又看不惯别人中午便放肆饮酒，便只能跑到厨房里去，却把火鸡给烧煳了。客人们（你以为他们总是在上午就放开了肚皮喝酒吗？）似乎打定了主意，要在你家待上一整天，或许因为他们也知道回家后自己要面对的是什么。但是最终，他们还是乖乖离开了，因为你家午餐上桌了。

这可不是美国著名漫画家诺曼·洛克威尔的画作中常见的那种温馨场面。小比利上午偷偷塞了一肚子的拐杖糖，迟早会闹肚子。他的爸妈隐隐开始感到头痛，多半是蛋奶酒引起的。祖父母一心只盼着睡个午觉。可是统统没门儿。天哪，这可是其乐融融的家庭圣诞聚会，哪怕困得睁不开眼，累得精疲力竭，随时要面对消化不良和饮酒过量的后果，也一定要好好庆祝。这一天很重要，不能以全家人死气沉沉地围坐在电视机前、个个满腹怒气却沉默不语的状态结束。可是要做到这一点，必须拥有超人的耐心和毅力才行。

说到此处还是暂时打住吧，虽然圣诞节一直持续到一月的最后几天才会正式结束，同时如约而至的还有一张又一张的账单。你愁眉苦脸地看着它们，准会高兴地想起文学史上最容易被人低估的人物之一。亲爱的守财奴，愿他安好。若是有他在，绝不会允许你陷入这样狼狈的局面，面对“应有尽有先生”，他只会说一个字：呸！

新年快乐。

保暖有道

冬天的蒙古寒冷刺骨。风呼啸着吹过永冻层，慢跑在此地是绝对不可能出现的运动。当地人时常得喝上点儿朗姆酒或热牦牛奶，以防身体被冻僵。这儿冷得简直能把毛帽子的护耳都冻掉。

但是，也有些“蒙古土著”，在温度低至零下的日子里依旧活力四射。空气中那一点寒意对它们毫无威胁，甚至还令它们感到几分振奋。实际上，它们简直称得上是“行走的毛衣”。它们从鼻尖到脚底都被严严实实地裹在一种纯天然且效用极强的防冻剂当中，与外界的空气严密地隔绝开来。你永远也不会见到一头克什米尔山羊冻得瑟瑟发抖的样子。

蒙古的纯羊绒被公认为是最好的保暖材料，以单位重量的保暖效果来看,远胜其他的天然纤维。山羊有两层绒毛用来挡风。最外面的是一层粗粗的毛，叫针毛。第二层，也就是内层，是更加细密的绒毛。这层细密的绒毛才会变成有朝一日在你的衣柜中占据一席之地的羊绒衫。除了轻盈和温暖之外，它还具有一种柔软的手感,摸上去极其细腻,很容易识别。就算闭上眼睛，单靠手指触摸，你也能从一堆衣服里将羊绒衫挑出来。

当然喽，它的昂贵也是毋庸置疑的。一分钱一分货嘛。只有骆马绒——来自生活在南美洲山间的一种特殊的骆驼——比羊绒更昂贵。而且羊绒的价格永远高得惊人，鲜有下降的时候。部分原因是这种材质的优质和稀有，另一部分则是由于人们仍然使用源自中世纪的传统方法获取和加工羊绒。

将山羊绒毛转制成服装，需要经历非常繁琐的步骤，耗费大量人工，而且可能受到各种不定因素的影响。其中最难控制和预料的因素之一，便是羊绒提供者的性需求。克什米尔山羊无法像笼养鸡那样关起来大量繁殖。它们与人类一样，需要私密的空间和时间谈情说爱，而且每年能够获取多少羊绒，是完全无法精准估计的。这是一种纯粹天生天养的商品，和所有商品一样，价格会有浮动，不过对羊绒而言，价格上涨往往更为常见。

倘若能像剃绵羊毛那样剃羊绒，整个过程会变得略微简单些，价格也便宜一些，但实在是不能。细密的内层羊绒自脱落后便缠结起来，藏在较粗的外层羊毛之间。获取羊绒的唯一方法是由人将它梳下来，一次只能梳一头羊，而且从每头羊身上得到的绒毛仅有几盎司而已。当然，首先还得把那头羊抓住。这可不是一个简单速成的活儿，相信你此刻已经能够看出几分端倪来了。

羊绒被梳下来后，不经任何处理就要被运走。这个过程中用到的运输方式和工具会让联邦快递的总裁噩梦连连。被牦牛驮着、被马背着、被木筏或舢板载着，羊绒一路被晃晃悠悠地送到某个仓库，再从这里装上船，运往海外。真是路漫漫其修远兮。

送到库房后，要将羊绒按照灰色、棕色和白色进行分类。这活儿听起来很简单，而实际呢，只有受过五年以上专门训练的人才能胜任。然后是冲洗羊绒，洗去长在前主人身上时积存的油脂。下一步骤是进行分拣，挑出掺杂在羊绒中的外层粗毛团。这一步完成之后，剩下的羊绒大概只有先前的一半那么多了，它们细腻柔滑，是精品中的精品——这便是用以制作动辄上千元售价的休闲外套和围巾的材料，制成品一旦上身，会令穿着者有一种接受按摩的舒适感。

羊绒织物并非完全相同。你会发现，依据不同的用途，它们各自有着不同的重量和厚度。从理论上来说，从羊绒呢帽到羊绒鞋，你完全可以为全身置备羊绒制品，但实际上我认为还是有些限制需要考虑的。尽管我打心眼里喜欢羊绒，但也有过一两次付出金钱却以失望告终的尝试。

比如羊绒袜子，光是想一想它能为双脚提供多么细致的呵护都叫人心潮澎湃。将脚趾头裹在温暖而舒适的钞票中四处游走，还有比这更叫人欣喜的事吗？欣喜是欣喜，但是好景不长——至少对我而言不够长。或许是因为我的脚跟太无情，太粗鲁，又或许是因为我的脚步太野蛮，太有气势，反正我发现，就算尽量缩减走路的时间，一双羊绒袜顶多也只能在穿上一天后保持完好无损。穿过一整天，下次再穿时，它们一定会过早发展出“斑秃”。不是一个脚趾肆意妄为地从袜尖冒了出来，就是脚跟从后方跑出来透气。最后，虽然千般无奈，我也只得放弃羊绒袜。

裤子的问题与之类似，只是没这么严重。就算是全衬里的羊绒裤，也容易在臀部和膝盖处形成鼓包，使穿着者显得无精打采。如果你打定主意要买条羊绒裤来遮住下半身，除了整天站得笔直之外，唯一的解决方法，就是选择羊绒与羊毛或羊绒与丝线的混纺面料。它肯定不如纯羊绒那样柔软，但是在保持裤型方面表现更好一些。

至于上半身，你就尽情地用一层又一层的衣服来呵护吧。一件羊绒长大衣，衣料上密布着软绒毛，介于丝绒和皮毛之间的质感足够使你毫无惧色地挑战麦迪逊大道的风寒指数，或是抵御明尼苏达州爱斯基摩人面对的严冬，与此同时，你绝对不会有穿笨拙长大衣时的那种沉重感，仿佛将祖母的扶手椅穿在了身上一样。还有，你的裁缝也会告诉你，剪裁羊绒面料实在是一大乐事。

脱下外层的衣服后，我们就可以见到你的休闲外套了。与最外层的衣服相比，休闲外套的保暖作用远不如其外观那么重要。一个老道的羊绒衫探子——这本事用不着多长时间就能练成——从十英尺开外便能认出一件纯羊绒的休闲外套。即使隔着这样远的距离，一样看得出它出奇的柔软，没有一处生硬的褶皱。女人对这类物品天生敏感，倘若有一件羊绒休闲外套出现在触手可及的地方，她们总会忍不住伸出手去摸。如果你穿着一件羊绒衫，可得做好被人家摸遍全身的准备。不过这也不算人生中最惨的遭遇啦。

除去非常怕冷的人之外，对普通人而言，备齐这些羊绒衣物，一年四季便足够应付了。不过，还有一种更为细腻的羊绒衫是可以穿在休闲外套里面的。这里说的都是单股羊绒线织成的衣服，其重量在羊绒衫中最为常见。双股线羊绒制品的重量较之单股的翻了一倍，温暖翻倍，价钱也随之翻倍。至于羊绒衫中的顶级精品，也就是四股线羊绒制品，则必须妥善保存，离那些手指轻佻的女人越远越好。

我是四股线羊绒衫的忠实拥趸，对其真可谓一往情深。为了将它露在外头，连“我很少穿休闲外套”这种站不住脚的借口也扯得出来。实际上，除非你的休闲外套宽大得如同一顶帐篷，否则根本不可能把四股线羊绒衫穿在里面，因为这种羊绒衫太暖和，太奢华了，而且厚得不可思议，在上面添任何衣服都属浪费。论保暖性能，它顶得上十件普通毛衣——价钱也几乎足够买上十件毛衣了。(倘若有人为如此一掷千金的行为感到疑虑，我向他们推荐四股线的羊绒围巾。将它绕在脖子上，在最冷的天气出去溜达一阵子，你自然就懂了。尽管身体的其他部位冻得发僵，可是下巴到胸口那片地方一直维持着融融的暖意。)

越来越多的人希望拥有一件柔软舒适的羊绒衫，与此同时，要买件羊绒衫也变得方便多了：每一间高级男装店（特别是那种自诩为“绅士必备服饰提供商”的店）都备有一批货可供选择，它们被陈列在玻璃柜里，在店中租金最贵的角落进行展示。不过，倘若你将买羊绒视作头等大事，便少不得携带自己的美国运通卡赶赴伦敦朝圣，到汇聚全球奢侈品的伯灵顿拱廊街[①]去探访一番。

伯灵顿拱廊街正对着皮卡迪利大街，长约二百五十码，还没有两条头对头拼接而成的围巾宽。它有着玻璃拱顶和一尘不染的橱窗。身着传统制服的侍卫四处巡逻，维护此地的治安，教人们保持体面的举止，使商场保持高雅的购物氛围。此处的规矩是不许吹口哨，不许跑动。

① 于 1819 年正式开业，是英国最古老、历史最悠久的购物广场之一。

在这条富丽堂皇的短短拱廊里，你会看到无数精美奢华的羊绒制品，它们被堆放在橱窗里和柜台上，一切颜色和厚度的应有尽有。商场主要被四大零售商瓜分，分别是羊绒针织领域的四大巨头——柏克（Berk）、费雪（Fisher）、罗德（Lord）和皮尔（Peal）——各种经典款式的羊绒服装配饰在这里可以一网打尽。每一家的价钱略有出入，但不会有太大差距，便宜的羊绒制品是不存在的。

只有在羊绒的淡季，也就是英国人大言不惭地称之为“盛夏”的时节，才可能发现一丝降价的曙光。你若是够幸运，可能在八月份遇上限量清仓特卖——不是那种粗俗的大甩卖，只是价格标签看上去明显更照顾客人的感受罢了。我一般就在八月买羊绒衫，费雪先生则是我要拜访的人。我喜欢他们家的款式，我也喜欢他本人。

今年费雪先生那儿传来的消息可不乐观。从羊身上直接梳下来未经处理的羊绒价格已经涨到每公斤五百五十美元。一件四股线的羊绒衫，一般比半公斤略重一点，价格不可能少于一千美元。明年的价格还可能更高。但是该死的山羊就是不肯合作，又能拿它们怎么办呢？

满口黑珍珠

在英语单词中，看一眼就能叫人同时联想到财富、特权和某一种人间至味的，可谓寥寥无几。〔词组不算，连“洛克菲勒生蚝”（oysters Rockefeller）或“给我剥颗葡萄”（Peel me a grape）这样的也不行。〕这是一场佼佼者的聚会，是语言高堂里的至上荣誉，其中看似最不可能、却早在其中占据一席之地的，是一种经过加工的油腻的鱼子。

鱼子酱。你瞧！一提到这个词，你一准开始想入非非了，想象自己一边品尝着这长盛不衰的人间珍馐，一边与富商、美女共聚一堂，觥筹交错的场景。两千年来，鱼子酱一直备受世人追捧。公元前四世纪，它就出现在亚里士多德的笔下，从那之后，越来越多的作家对其赞不绝口，比如法国人文主义作家拉伯雷，鼎鼎有名的莎士比亚以及英国讽刺小说家伊夫林·沃，他们都在作品中将鱼子酱的美味描绘得淋漓尽致。还有一位又一位烹饪大师，借助这奢华的食物，将我们从满是肉丸子的生活中解救出来。

许多古老而罕有的美食，由于人类口味的演化或法律的变更而不复出现，比如百灵鸟的舌、火烈鸟的脑、烤天鹅、孔雀胸，以及其他种种。但鱼子酱一直供人们享用至今。不错，多数人没有这个口福，不过话说回来，它若是与猪排或汉堡一样廉价又泛滥，吃在嘴里时，恐怕有一半的乐趣早已荡然无存了。比如你在快餐店点了一份鱼子酱配芝麻面包，味道还在，却不觉得矜贵，你也失去了那份令人愉悦的、掺杂着一丝自责的优越感。正是由于这种感觉的存在，品味每一勺顺滑的鱼子酱时才多了不少乐趣。

严格来说，有一大类美其名曰“鱼子酱”的东西与鱼子酱根本不沾边。它们也许是加工过的鱼子，吃起来也算美味，但可能来自圆鳍鱼、三文鱼、白鲑、鳕鱼，或是鱼类大家庭里另外几种结子的鱼。在美国，只要将鱼的名字印在罐头或瓶子上，就能把加工过的鱼子充当鱼子酱出售。而在法国，人们以至高无上的郑重对待口腹之欲，因此对鱼子酱的定义如对香槟一般一丝不苟，并且严格照此执行：只有鲟鱼的鱼子才担得起“鱼子酱”的称号。

命运和人类对鲟鱼一直不算仁慈。一九〇〇年前后，它们还在哈德逊河和欧洲各地的河流里自在游弋。可是从那时起，由于人类无节制的捕捞以及生活水域的环境破坏，鲟鱼几近灭绝，只剩少数荫庇之地供其生存。目前，仅在里海、黑海，还有法国的吉伦特河等水域中，还能大量觅得它们的踪影。鲟鱼本已够可怜的了，雪上加霜的是，里海的面积正在缩小。（俄罗斯人堪称这世上吃鱼子酱最多的人，他们正努力实施补救措施，可是要将海水回填实在是一项长期而艰巨的工程。）

在幸存的鲟鱼当中，最著名的两种分别是白鲟和闪光鲟，个头最大和最小的鲟鱼。如果你认为自己足够有钱，记得找这两种鱼的鱼子就对了。白鲟的身长能够达到十五英尺，重量超过一千磅，其中大约有百分之二十由鱼子构成。白鲟的鱼子是颗粒最大的，结子耗费的时间也最长：雌鱼从成熟到产卵要花二十年。闪光鲟重量大约五十磅，发育成熟需要七年，产的子最小。

如果只是捕捞鲟鱼，然后开膛取子那样简单，鱼子酱绝不会如现在这般昂贵，却也绝不会有这般美味。鱼子的味道很清淡，鲟鱼的鱼子也不例外。它是经过层层加工后，才成为鱼子酱的。整个过程要求厨师手法娴熟、老道，处理鱼子的过程，就算将它称作一种艺术也毫不为过。

在短短十五分钟之内，必须依序完成十多个操作步骤，稍有拖延，鱼子的品质便直线下降，甚至失去被做成鱼子酱的资格。首先，要将鲟鱼敲晕——不是杀死，杀死反而会加速鱼子变质的速度——然后将鱼子取出，筛选、清洗、滤水，准备就绪后，再交给一位传奇高手来处理，此人与身怀绝技的酿酒师一样，能够将取自大自然的原料升华为无上的美味。

实际上，这个为鱼子酱定级的人，即尝味师，或者不妨恰如其分地称其为鱼子酱大师，只有几分钟的时间用来评估，确定堆在自己面前的鱼子的味道和价格。他用鼻子闻，用嘴尝，用眼睛看，用指尖感受，根据鱼子的大小、颜色、紧实程度、气味和味道来评定它的品级，并做出至关重要的决定：加多少盐？多一些还是少一些？盐可以将鱼子催熟为鱼子酱，同时不影响它原本的味道与口感的微妙融合。

等级越高，加盐越少，最高等级的鱼子加盐绝不会超过鱼子含量的百分之五，可以称之为“马洛索鱼子酱”。（“马洛索”在俄语中是“少盐”的意思。但是在美国，这个标准可以放宽些，别怪我啰唆，美国这地方，对商品说明的标准不那么严格。）盐渍后的鱼子要被装进筛子里摇晃，筛掉水分，然后封装在小容量的罐头里——两公斤，或四磅多一点儿——目的是防止上层的鱼子把下层的鱼子压爆。由这一阶段开始，鱼子酱便需要进行冷藏，从里海运送至世界各地为数不多的餐馆中。这些餐馆的客人买得起至少五美元一口的鱼子酱，因此才享有此项优待。

事实上，想一想鲟鱼是多么珍稀，雌鱼成长多少年后才能产卵，还有那高超的处理技巧，加上运输的不易，便不难明白，为什么鱼子酱被誉为全世界最为昂贵的三种食物之一了（另外两种分别是藏红花和松露）。从价格和盎司数的对比来看，这是项需要慎重考虑的重大投资，与你购买的 IBM 股票或卧室墙上挂着的莫奈作品的不同之处在于，鱼子酱更美味一些。

与所有天然、娇气而稀有的事物一样，买鱼子酱时，最重要的是找到一位信得过的供应商，他经手的鱼子酱数量必须足够多，才会不辞辛苦地用正确的方法储存鱼子酱。鱼子酱没有特价，到最好的店去买永远不会出错，比如纽约的裴卓仙（Petrossian）或伦敦的福特纳姆和梅森百货（Fortnum&Mason）。你的做派若像个真正的买家，不是像跑去蹭吃的，他们或许会允许你先尝后买。不过，只有对自家鱼子酱的品质自信不疑的卖主，才会主动提供试吃服务，因此他们说的“免费试吃纯属多此一举”恰恰是值得信任的。这么一想还真是讽刺。

一次别买太多，够你吃的量即可。买到手后，千万别回公司，也别顺路跑去酒吧喝一杯，或在公园里闲溜达着看姑娘。直接回家，把鱼子酱放进冰箱。在密封的容器内，鱼子酱能够保存四星期左右。打开包装后，理论上它们还能保存个几天，但实际情况常常是被吃个精光，一粒也剩不下。

现在，你开始面对一系列的选择。它们可能很琐碎，却可能造成截然不同的结局：要么，你真的享用了一顿名副其实的鱼子酱大餐；要么，你花了大价钱，得到的却是深深的失望。选择列表的第一项，就是与你分享美味的伙伴。

有的人第一时间就该被判出局。对美食毫无概念，吃什么都要加番茄酱的那种人，叫他自己去热狗摊上胡吃一通即可。老板和态度友善的美国国税局检查员也该排除在外，他们若是因此认为你挣得比实际收入多很多，那可不好收场。有业务往来的人会以为你故意示好，吃掉自己该得的分量还不肯罢休。亲戚更是不值得。选择范围越缩越小，只剩下一个亲密的朋友，抑或是你一生至爱，当然啦，那便是你自己。鱼子酱就该一人独享，才不失为一顿叫你毕生难忘的大餐。

那么，佐餐的酒如何选择呢？按照惯例是选俄罗斯或波兰的伏特加。提前将酒瓶冰镇起来，伏特加才会是冰的，入喉有刺痛感。但是，千万不要尝试调味伏特加：它们的味道会与鱼子酱相冲突，而且往往会盖过后者。就我个人而言，更喜欢那种没有甜味的香槟。不仅能吃鱼子酱的“泡泡”，还能喝香槟里的泡泡，这么一想，真有些相映成趣的意境呢。

鱼子酱的准备和上菜过程往往被设计得十分复杂。你常常见到人们在盘子里堆着五花八门的食物，它们可能掩盖甚至彻底毁掉鱼子酱的味道，可是人们花大价钱买下鱼子酱，难道不是为了第一时间品尝到自己心心念念的味道吗？吃了一勺又一勺黏腻的酸奶油、鳀鱼片、酸豆碎、洋葱碎和白煮鸡蛋后，嘴里还能咂摸出什么来呢？也许还是很美味，但那绝不是鱼子酱的味道。

鱼子酱的最佳食用方法再简单不过：直接入口。如果打算盛在盘子里吃，将盘子事先冷冻一下。如果直接打开包装吃，将盛它的罐头或瓶子放置在一层碎冰上。配上抹过无盐黄油的薄面包片、烤薄饼或一两滴柠檬汁都是很不错的选择。倘若论及将鱼子酱送入口中的最后一段路途，就没有别的选择了：必须用一把勺子。

你也许见有的人——往往是那些将鱼子酱与风马牛不相及的食物，如切碎的洋葱和鸡蛋混在一起的人——用餐刀将鱼子酱与其他食物混起来涂到面包上，像是打算做花生酱三明治似的。真是暴殄天物。吃鱼子酱最为紧要的，也是人们如此费时费力地对其进行加工和运输的原因，就是为了保证鱼子入口时粒粒完整。如此大费周章之后，你才能用舌头和上颚将它们一一碾碎，瞬间便能体验到那令人心花怒放的小小爆裂感。如果鱼子已经被刀子压碎，就算塞上满满一口鱼子酱又能如何？高潮早已在面包片上发生过了，你的舌头无缘享受。所以吃鱼子酱一定得用勺子。

鱼子酱的拥趸会就各种勺子的优劣展开讨论，并争得不可开交，吃鱼子酱俨然被他们视作生活中的神秘小仪式了。奇怪的是，那些幸运儿出生时嘴里叼着的勺子——银勺——往往是该避而远之的，因为它会隐隐散发出金属的味道。至于其他勺子，你就随便挑吧：金的、象牙的、木头的、珍珠的、牛角的，或者是——我的最爱——能够从熟食店抓上一把带回家的塑料短勺。它们很柔软，拿在手里很轻，没有锋利的边缘会将鱼子刺破。它们实用，卫生，用后即扔。它们不会产生余味，而且一般是免费的。我推荐这种勺子。

最后，你还需要决定在哪里，以及在何时宠溺自己。在思考这个问题时，你会发现鱼子酱拥有一项不易觉察的优势：它把“方便”这个词体现得淋漓尽致。你可以在床上吃，反正也不需要拿着刀叉，扭来扭去做危险的动作。也可以在从公司回家的路上，坐在加长豪华车的后座上吃。（算起来，一罐一盎司的鱼子酱，你若是慢慢享用，不时停下来喝点什么，再想想心事，足够从华尔街吃到公园大道了。）你可以在壁炉火焰前坐着吃，还可以一边暖暖和和地泡着澡一边吃。无须布置精致的餐桌，也不用套上上千美元的燕尾服。鱼子酱不需要任何配饰，便可以将自己的魅力发挥到极致。

这是一种适合好日子也适合坏日子的美食。成功时作为犒赏，倒霉时充作抚慰。当你将人生第一个百万美元收入囊中之时品尝它，一定美味至极，但在破产前来一份也许更为情有可原，恰好可作为你决不放弃的表态。陷入爱河时可以吃，分手时也可以吃。无论何时，都有理由来一份鱼子酱，要是一时半会儿想不到，也可以只是为了健康而吃。据说鱼子酱对身体大有裨益。

一盎司鱼子酱所含的热量不过七十四卡路里，你得吃掉好几万美元才有可能发福。鱼子酱还被当作催情药，据说也是一种缓解宿醉的偏方，对负担过重的肝脏有修复作用。鱼子中含有四十七种矿物质和维生素。雌鲟鱼在生产这样一种完美无缺的佳肴时，犯下的唯一一个错误就是钠的含量稍微高了些。但是这又何妨？万事万物本来就不完美。

他乡的完美居所

我在世界各地都曾见过他，我羡慕他。他的身影可能出现在瑞士的日内瓦，巴哈马的拿骚，法国的尼斯和西班牙的伊维萨岛。他很好认，只要瞥上一眼，哪怕是隔得老远，我也能轻松认出他来。我们从未有缘结识，只是行踪偶尔在机场交汇。可是，我能在五十码之外将他从几百名游客当中辨认出来。别人都在手忙脚乱地处理着各式臃肿的行装，左一包右一包的滑雪靴、网球拍、钓鱼竿、水肺潜水装备、随身携带的鼓囊囊的背包，等着认领添了新伤的行李箱。这时我却见他一身轻松，施施然走过海关，只带着一本杂志和几本书，没有任何负累。他不需要别的，一切已安放在他的滑雪小屋或海边大宅里，它们静候主人到来。他是一个在他乡拥有第二个家的男人。

从理论上来说，这第二个家很有必要。它的大门随时为你敞开。它位于某处令世人向往的所在，年复一年，那儿的房产价格会噌噌地稳步上涨。在你享受着日光浴，或是从滑雪道上风驰电掣般滑下时，想到自己做了如此精明的投资，该有多么的志得意满！你端坐于自家宅子里，可以理直气壮地表示，这房子涨价的钱已足够你度上好几次假了。此外还有些别的好处：你能随时满世界飞，只需要带上护照即可；你可以不经意间提起自己在加勒比海安提瓜岛或法国瓦勒迪泽尔拥有的那一小块地盘，以名誉上的土著自居，与呆头呆脑的游客划清界限，这身份带来的兴奋虽然微不足道，却令人满足；你不用像别人那样忍受二十一天的旅行套餐。你是如此与众不同，即使到了异国他乡，也有一把钥匙能够在当地打开自己的家门。

我原本一直是这样认为的。每当我结识了在他乡买了房子的朋友，总是请他们将其中的妙处一一道来，于是我就“间接地”拥有了这些住所。有时是位于牙买加安东尼奥港的一栋宅子，有时是瑞士格斯塔德的公寓，又或者是法国巴黎的一间工作室，意大利托斯卡纳的农舍和一艘停泊在美国基韦斯特岛的船。从诸位房主那儿搜集得来的智慧和经验帮我省下了一笔钱，叫我彻底清醒了。我再也不对他乡的家抱有期待了。我可没那么多精力。

首先，处理日常用品就是个问题，比如书、杂志和衣服之类。你打算把它们放在哪里呢？在原来的家和他乡的家里二选一，还是来个全套复制？如果你没有这么做，亘古不变的自然法则就会发挥作用，你会发现自己真正想读的书、想听的唱片、那件穿旧了却仍然是你心头好的丝绸衬衫都在好儿千英里之外。但这只是区区小事，只要你有钱，再从日耳曼人身上学习严谨组织的精神，便可以解决。但这仅仅是个开始而已。

倘若你希望自己能够随时从现实生活中逃到那个家去，过一段心无挂碍的日子，那么你不会把它租出去。于是那房子便连着好几个星期、甚至好几个月都是空的。到那儿的起初几天里，你忙着购买日用品，这里修一修，那里补一补，等到把那儿整理得像个安乐窝，你也差不多该离开了。这种情况还算幸运的。事情要糟糕起来，那可是没有尽头的。

我有几个朋友在托斯卡纳买了农庄。有一年，他们打算在那儿度过一个田园牧歌式的圣诞节，却发现驶向房子的车道被封了。当地有位农夫认定车道从他的一小块田地里横穿而过，便拿铁链和水泥把路堵死了。我的朋友们只得在三百码的泥巴地里跋涉，步行来到家门口。而且，邮箱里有一份法院通知单正等着他们，原来那位农夫跑到法院去把他们给告了。

那间巴黎工作室的主人，有一年春天，带着自己的梦中情人去那儿住了一星期。刚到那儿，他就被吓了个魂飞魄散，还以为有人死在自家浴室里。实际情况甚至更加糟糕。一根污水管爆了，楼上那一家的污水流到他家地板上，“水漫金山”了好几个星期。每一次，当他回想起那段发生在四月的甜蜜往事，那根管道就会阴魂不散地出现在脑海中。

在遥远的牙买加，我们那位在安东尼奥港买了房子的朋友发现，他的房子并非如之前想象的那般安静。一窝鼷鼠——从动静来判断，那可是一个大家族——搬进了他家，肆意横行，丝毫没把自己当外人。鼷鼠不挑食，若是放任它们随心所欲地吃，任何新口味它们都肯试一试。闯进这位朋友家中的鼷鼠们为自己制订的菜单中，就包括藤制家具、香皂、蜡烛、小地毯，以及半个床垫。

当然，你可能会说，这一切都是意外，可以避免，只需要在离去时聘请一位代管人就好，确保那人是你信得过的，愿意全心全意帮你照看那个家，就像对待他自己的家一样。唉，怕只怕他对这房子过于痴迷，干脆开着搬家卡车装上所有家当，运到自己能够“贴身”照看的地方去。几个在西班牙买了房子的朋友碰巧就经历过这种事。不过，大部分代管人倒不至于如此过分。我听说，他们不过是每天兴高采烈地顺路经过，帮助房主处理剩下的酒水，兼打个长途电话而已。

我并非生来就是悲观主义者，但是听了这样的故事之后，还是发现自己已经断了拥有第二个家的念头。取而代之的是一种庆幸之感，庆幸自己用不着面对鼷鼠和手脚不干净的代管人之类的难题。可是，我依旧盼着每年能上别处去逍遥一番。我对百乐餐式度假兴趣寥寥，分时度假也不在我的选择范围内。我向来不愿意将自己硬塞到朋友家里去，一住好几天。（丹麦有句俗语说得再明白不过了：鱼和客人三天就会发臭。）我极愿意享受第二个家的好处——不同的地方，熟悉的环境，与此同时，房主要面对的恐怖事件啦，因为不常住而必须打点的杂事啦，最好统统消失。我似乎已经找到了对策，只是可能需要再过上一两年才能确定是否真的可行。期间，我不会停止研究和实地考察。

我的主意说来也很简单：一手拿着世界地图，一手拿着自己的闲暇爱好清单，选择一个地方，那儿有你需要的——网球、帆板、美女等等，或任何可能让你在余生中一直持续下去的爱好。接下来要考虑的便是物质上的享受了。文明社会的触角已触及世界的各个角落，这类事物并不像你以为的那样难以寻觅。不论你理想中的天堂是在澳大利亚滑雪还是在苏格兰高地捕三文鱼，无须担心，早已有人在你之前到了那儿，建起了豪华酒店。直奔酒店而去就好。

第一次走进酒店时，把自己想象成一个可能的投资商，而非一个短暂经停的客人，把酒店里里外外看个仔细。如果所见所闻都叫你感到满意，而且在未来的日子里也不会失望，不妨找到客房经理做个自我介绍，告诉他，你想要成为他最为忠实的住客，而且会经常光临。请他带你参观酒店最好的房间和套房，然后选择一间，请他报个价格，前提是，你保证自己在将来的三到五年中将多次下榻。他可能会给你打折，但是对你而言，这无关紧要，因为这样一番安排下来，你争取到的东西比折扣更重要，那就是特殊优待。

首先，服务人员会认识你，仅此一项，你便与每年在酒店来来去去的众多住客区分开来。提前而适时地给些小费，他们不单会认识你，而且会深深地爱上你。套房将永远为你准备妥当，你的小小癖好将受到殷勤的呵护，你的信件将被妥善收存，酒保知道你的喜好，泳池旁和餐厅里有一个固定的位置永远为你而保留——总而言之，你等着集万千宠爱于一身就是了。只有一个小小的不便需要处理，那就是度假装备。背着滑雪装备、鱼叉或登山靴来回奔波，既累人又没必要。如果存放在酒店，出门就轻松多了。既然把装备存在那，何不干脆再挑些衣服留下来呢？你的新朋友，那位经理，会非常乐意为一位忠诚而尊贵的客人略尽绵薄之力的。从此后，你便再也不受行李拖累了。你可以轻装出门，就像我从前羡慕的那个人一样。

这一切安排就绪，你就能在他乡拥有一个完美的安乐窝。这里熟悉且舒适，任何琐碎的日常细节都不用你操心，比如铺床，购买日用品等。再也不会有糟糕的意外影响你的心情。朋友们可以来这儿住下，却绝不会打搅到你。（偶尔在自己的套房里款待他们就好，住得比你差一点儿，他们不会介意的。）而且你的假期也会有个假期的样子——换句话说，极大地超脱于你的日常生活之上。

在他乡拥有这样一个“家”——服务人员可能多达一百五十名，让你享受一个谦逊者心目中最高限度的关照——其花费大概几何？价钱会有较大浮动，要根据你每年下榻的次数，酒店距离你原本那个家的距离等因素而定。但简而言之，要么是贵，要么是很贵，反正不会少于三百美元一天。显然，这些钱已经够一次普通出游的费用了，但这是次要的。问题的关键之处在于，为了享受这令人愉悦的服务而一掷千金，却不去买一套属于自己的房子，是否说得通？在这里，我仅提供自己的体验和结论。

我住在法国南部，每年会去几次伦敦或巴黎。我一度想过在伦敦买一套公寓——不是那种富丽堂皇的大房子，只是一个简单朴素的地方，供我存放自己的西装，每年住上两三个星期而已。但是与房地产中介聊过一上午之后，这个念头被打消了。若是在伦敦市中心不错的地段买一套小小的公寓，光是房价已在二十二万美元左右。在此基础之上，每年还要交纳财产税，加上房屋的维护费用和日常支出，满打满算，一年的开销差不多在九千美元左右。

可是，拿着这九千美元，我每年可以在自己最爱的酒店——

伦敦的康诺特酒店（The Connaught）里住上两到三个星期。有人会在我睡后帮我擦鞋，我可以在伦敦最好的酒店餐厅里用餐，房间清洁女工、酒吧和门房会为我提供殷勤的服务，而且为我定制西装的裁缝店就在街对面。如果我把买一套公寓的钱——二十二万美元——花在这些事情上，在接下来的二十五年中，我每年都能在康诺特酒店住上一段时间。我甚至可以在用完一次赞不绝口的晚餐之后，就在那儿寿终正寝，因为我确信，他们会用一种慎重而优雅的方式处理我的遗体。那儿的服务真是妙不可言。

正宗的雪茄

如今，吸烟被当作一种有百害而无一利且有违公德的习惯，谁若胆敢说上几句吸烟的好话，可能被人用卷起来的美国医学总署的最新研究报告敲耳朵。香烟罪不可赦，这已是板上钉钉的事实。它还有一种身形更长、更胖的深棕色“近亲”，同样因为含有焦油而饱受诟病。从某种程度上说，这是不公平的。人们抽雪茄时并不会将烟吸进体内，摄入的尼古丁和其他物质少得多，不会像香烟那样危害身体，而对于一个深谙雪茄奥义的人而言，抽雪茄带来的享受却是与抽烟绝对不可同日而语的。打个比方，就好像在自家餐桌上吃三明治和在法国著名的卢特斯（Lutece）餐厅享用午餐之间有着天渊之别一样。

当然，前提是要抽正宗的雪茄。我们不去考虑由褐色再生纸卷成、外层刷了糖衣、末端装着塑料烟嘴的小圆柱。这些小东西也可能被称作雪茄，但它们与真货的相似程度为零，让它们继续默默无闻地待在该待的地方——糖果店的货架上——才是最体面的。

顶级雪茄在世界上有数个不同的产地，巴西、墨西哥、牙买加和荷兰都生产上好的雪茄。它们长度不同，口感各异，比如荷兰的顺百利雪茄的尺寸比较小，牙买加的麦克纽杜雪茄的尺寸则令人惊叹。毫无疑问，这些雪茄都属精品，质量也很优良，但有一件事是公认的：最好的雪茄来自古巴——雪茄的故乡。作家伯纳德·沃尔夫曾将整个古巴岛描述为一个天然的烟草保湿器。那里的土壤、阳光、风和水分组成了独一无二的微妙搭配，是烟草生长的理想之地，世上恐怕再也找不出第二个这样完美的地方了。因此，别处生产的雪茄无论是外观、触感、气味和浓郁程度，都不如正宗哈瓦那雪茄一般叫人心旷神怡。遗憾的是，由于从肯尼迪时代开始，美国就对古巴施行贸易禁运，因此在此地很难觅得哈瓦那雪茄——要合法购买哈瓦那雪茄，必须离开美国。不过，跑这一趟仍然很值得。

将雪茄拿在手上之前，还有些值得玩味的小乐趣。先从雪茄盒开始讲起。雪茄盒往往装饰得十分华丽，却不乏实用功能，算是从尚未发明塑料的年代流传至今的遗迹。好的雪茄盒必须由杉木制成，烟草在盒中可以自由呼吸，继续发酵。盒子由一种形似大面值钞票的纸张（出口国政府发出的出口许可证）封口，盒身常常覆满了巴洛克风格的图案，叫人联想到白兰地和美人的香闺：卷曲的花纹，烫金压花，酥胸半露的女士和蓄胡须的男士半身像，繁复难辨的印刷字体——可谓是十九世纪流行艺术派画家们尽情挥洒的产物。

打开盒子，一阵清香袭来，鼻子最先受到了款待。在开始下一个步骤前，不妨静下心来，细细地品味这缕香气。这是一种特别具有男子气的气息，听说男士们会把用来隔开一支支胖雪茄的薄杉木片拿出来，放在自己的衣橱里。（固然不是人人都喜欢成为散发着香气的人形雪茄，可是天知道，还有更糟糕的气味呢！任何一个从纽约布鲁明戴尔商场的化妆品区经过却被突如其来的香水喷了一身的人都可以证明这一点。）

还是说回雪茄。它们躺在盒子里，像一排刚刚大赚了一笔的投资银行家，志得意满，大腹便便。这只是开始，接下来要花上至少四十五分钟，慢条斯理地享受它们。抽雪茄绝不能仓促行事。一边打着电话谈生意，一边心不在焉地吞云吐雾，那也不像话。你越是专心专意地对待雪茄，它们回报你的快乐就越多，所以若没有一小时左右的独处时间，还是把雪茄留到日后吧。从容、有仪式感地进行准备，一心一意地领略这大自然的小小馈赠，是值得花些时间的。

懂行的人绝不会火急火燎地立刻就开始抽，而是先检查雪茄。这不是装腔作势。好的雪茄由人工卷制而成，难免出错，况且若是保存失当，雪茄可能就彻底报废了。一支处于最佳状态的雪茄，你用拇指和食指拿着它轻轻搓转，会感觉它很紧实，轻轻挤压，还略带弹性。硬脆的雪茄味道一定好不了，不妨将这样的雪茄留置一旁，给那些品鉴能力较差的人去抽，比如政客之流。

一根雪茄通过了眼睛、鼻子和手指的检验，下一个步骤就是在雪茄头的茄衣上开一个小口，以便烟雾能够穿透。这项如外科手术一般的操作实施起来因人而异。电影《第一滴血》里的孤胆英雄兰博，倘若他做出抽古巴雪茄这样不合美国派头的事，也许会一口把雪茄屁股咬掉。讲究些的人可能会用雪茄剪或锋利的指甲在上面开一个小口。动作要干脆利落，而且口子不能太深，若是拿小折刀或牙签在雪茄上刺出一个洞，那你等于制造了一个烟道，结果雪茄会越抽越烫手，越抽越苦。

点燃雪茄前的最后一个步骤是否有必要，就见仁见智了。该将商标纸圈，也就是茄帽下方那件小小的艺术品取下还是留着？被发明之初（发明者的尊号一般被授予荷兰人古斯塔夫·博克），商标纸圈是有实际用处的，即用来防止雪茄受热后，外层茄衣发生松动。如今黏胶技术已经非常成熟可靠，茄衣散开的风险微乎其微，所以纸圈便降格为一个审美问题。你愿意抽一支光秃秃的雪茄，还是愿意抽身上有些装饰的？都可以，无所谓，在这件事上大做文章的人，大概都是好卖弄的老学究吧。

在经过了搓揉、挤压、嗅闻、切口等一系列步骤后，现在该点燃雪茄了。再强调一遍，必须讲究技巧，遵守一定的自然规律。头号原则就是绝对不能用打火机，除非你喜欢汽油的味道。同理，也不要尝试从餐桌上俯下身去，一边盯着爱人衣领下的深沟，一边用烛火点燃雪茄。石蜡和烟草是格格不入的。要用火柴。将雪茄叼在嘴里，将火焰凑近雪茄末端（保持约三分之一英寸的距离），转动火柴，均匀地炙烧雪茄，使它从边缘逐渐燃至中间。

现在，你可以往椅背上一靠，舒舒服服地吸入第一口烟了。雪茄的烟具有一种浓郁的质感，没有必要吸入肺中，只需使烟在口腔中逗留几秒钟，然后轻轻地吐出即可。看着芳香而浓郁的蓝灰色烟雾在空中缭绕舒展，你开始浮想联翩，仿佛看到一位古巴姑娘在她那蜜色的修长大腿上卷制这根雪茄。（这种叫人愉悦的操作方式是否仍存在于雪茄工厂里，我说不准，可是这并不妨碍你尽情展开想象。）

“抽雪茄的人，”法国诗人马克·埃林说，“是平静的人，他不紧不慢，成竹在胸。”你绝不可能见到经验丰富的老手仓促而急躁地抽着雪茄。他总是心无旁骛，专心体验当下的快乐，虽然是以一种极其放松，有时甚至显得有些恍惚的方式。雪茄带来的这种从容的沉醉感，也许正是它最大的魅力所在。甚至在社交场合，雪茄也有其用武之地，因为怀着如此温和而愉快的心情，人们几乎不可能产生激烈的争执。没有人会为了强调自己的观点，拿着价值四十五美元的哈瓦那雪茄来回晃动，或愤怒地将它捻灭。这是暴殄天物，只有大老粗才会这么做。

一根好的雪茄能够稳定情绪，同时却不会令交谈变得疲沓。真相恰恰相反，在雪茄的刺激下，听众变得更容易满足，且更具欣赏的眼光。（否则，你以为正式晚宴结束后，为什么会有分发雪茄的惯例？很显然，是为了让观众们在面对无论多么冗长的演讲时，都能表现得宽容大度。）有雪茄相伴左右，故事更有趣，观察更深刻，停顿更自然，干邑白兰地更醇厚，生活总体上也更美好。花上一个钟头，与三五好友共同抽上一支上好的雪茄，无异于庸常生活中的一次短暂逃离。

当然，抽雪茄的方式也分对错，任何一个用心对待雪茄的人，一定会遵守以下这些准则：

* 我们都曾见过这样的画面：一个小个头小脸的男人，抽着一支比适合自己的尺寸大上好几码的雪茄，他想显得潇洒自在，却终究是白费力气。从秀美型（长约四英寸半）到超级绅士型（八至九英寸之间），雪茄有着各种各样的尺寸，选择一支适合自己脸型的雪茄很重要。普通的绅士型雪茄长约五点二五英寸，对于脸庞大小正常的普通人，应该是最好的选择。

* 不要一直把雪茄叼在嘴里，说话不方便，而且会把雪茄濡湿。

* 没必要花钱买雪茄烟嘴。通过烟嘴抽哈瓦那雪茄，那感觉准叫你失望透顶，就像用保丽龙泡沫塑料杯喝上好的波尔多干红葡萄酒。

* 据传英国国王爱德华七世曾说过，对待一支雪茄的正确方法是用长矛刺穿它，点燃它，然后举着它在空中挥舞，不过我们最好避免这样大幅度的动作。没有燃尽的烟灰可能提前掉落，火星还会灼伤身边的同伴。

很显然，享受雪茄之乐的成本视你吸食的频率和对待雪茄的用心程度而异。如果只是偶尔抽一根，最好找一家信誉不错的商店，买上一支就够了。如果估计自己一年抽的雪茄大概只有五六支，就没必要买上一盒。剩下的雪茄若是放在又干又热，或者开着空调的环境里，很快就会变质。如此算来，一年的花费基本不会超过二百美元。若是一个常抽雪茄的人，只需一星期就能轻轻松松地花掉这些钱。论及雪茄狂热爱好者的话，在这些花费的基础上还要加上雪茄的养护费用。好的雪茄与好酒一样，必须妥善保养。

雪茄喜欢温暖的环境，温度在华氏六十五至七十五度，即摄氏十八至二十四度之间最为合宜，而湿度则以百分之七十五为佳。我们的生活环境无法维持在如此恒定的温度和湿度中，所以必须将雪茄储存在一种保湿器里。没错，功能和价格都适中的保湿器也是有的，把它往客厅的某个角落里一塞，就能完美地完成任务。但是，迟早有一天，你会听说这世上还存在一个雪茄的理想国，那儿的条件不仅仅是标准，几乎可以说是无可挑剔。将雪茄存放于这样一个地方自然会引起些许不便，且费用也会增加，但同时也使得雪茄魅力大增。于是，你便发现自己不知怎的已经走进一间很棒的雪茄屋——比如纽约的登喜路雪茄店——并且在雪茄保湿房里预订了一个雪茄位。

这样一来，你不仅能将自己的私藏保存于除古巴之外最适宜的地方，还能收获莫大的满足感：隔壁办公室那个自以为是的家伙若是向你炫耀他新买的保时捷，你就有理由拒绝他了。“抱歉，”你说，“可是我得去拜访我的雪茄了。”

有客自远方来

我们住在普罗旺斯，且我的妻子热情好客得不可救药。这两件事并到一处，灾难就来了。我会不时地向往孤单而有序的生活：作息规律，有时间能读读书，总之是向往将自己“深埋”于乡间应该享有的种种好处。如果你也跟我一样，一定懂得其中的苦衷。可是我们这种“埋”法效果欠奉,总有人能把我“刨”出来。

刚刚搬来此处，我们就发现了一本访客留言簿，它似乎预言了日后将要发生的事。那本子已经卷了角，上面酒渍斑斑，里面写满了语无伦次的评论，对下水管道、食物和总体服务水平评头论足，记录着客人的满意程度。我将去年年底之前的记录翻阅了一遍。从十月初到圣诞节的这段时间里，这个家完全属于我们两人的时间加起来只有十天。这十天里没有客人到访，是我们的淡季，访客的低峰期。至于夏季那几个月的页面上都留下了怎样的评论，我真不忍心公布在这儿。

之所以聊起这些，并不是为了发牢骚，只为表明我常常将自己的家与往来不绝的来客分享，因此有充分的资格对此发表意见。招待客人，这里面学问深着呢，哪怕你住在没有电梯的四楼，只有一张沙发可与别人分享。

当访客成为日常生活的一部分主要内容，就有充分的理由将他们同其他日常开销，如酒水和洗衣费等一同列入家庭开支预算清单里。既然将待客视作一项支出，自然难以避免将大笔投资——比如购置一辆汽车的考量标准施加于他们身上。于是你要查看维护成本，关心每耗费一加仑汽油（葡萄酒）能跑多少英里，计算是否物有所值，还要留意许多其他的技术细节，比如早上是否能正常发动（起床），诸如此类。这一切都是因人而异的，因为客人们生来各有各的不同。

在预算清单的最顶端，画着红色下划线且标记着健康警示的，是那些由于血缘关系而与你捆绑在一起的访客。他对你家的闲置房间永远拥有主权，对你家最舒服的椅子，你留待圣诞节享用的雪茄，你保存的纯麦芽威士忌，统统享有探视权。当然，这位享有特权的人物，你的亲戚，或许是一位来自美国阿肯色州的穷得叮当响的表兄，或许是一位被赛马赌注经纪人追在屁股后面要债的赌棍叔叔，或许是你的岳母，或许是刚刚离婚的一位表兄弟——你们的亲戚关系具体如何并不重要，反正他们的行为举止就像一个模子里印出来的。这其中一定与基因脱不开干系。

亲戚们并不是“来到”你家，而是“入侵”你的家中。他们一脚把鞋子甩飞，取出行李，一股脑地在客厅地板上摊开来。他们朝你家的电话猛扑过去，仿佛多年未曾与外面的世界联系。他们有选择性地对脏盘子和空瓶子视而不见。可是……你必须包容这一切。他们是家人，而且你可以肯定，他们永远也没有提前离开的打算。(哪怕他们时不时地嘀咕着把你家当旅店，老天爷却不会允许你提及退房时间，因为那实在有碍体面。）我以为自己经验丰富且足够深谋远虑，却始终想不出管用的方法拒绝一位铁了心要上门的亲戚。百分之百奏效的方法，也是唯一的方法，便是当一个孤儿。

不过，若暗示所有亲戚天生具有赢得“最差宾客奖”的资质，未免有失厚道。多年来，这一奖项一直拥有诸多角逐者，我们心中对他们各有一番评价。尽管在接下来的几个月里，可能有访客展现出更为新颖和巧妙的方式，叫我们大跌眼镜，不过以下是我们目前遇到过的最为糟糕的访客表现。出于保护当事者的目的，此处便不透露他们的名字了。将来有一天，你若是在家中待客，千万注意：发生在我家门前的事，同样也可能发生在你的家里。

无家可归的人

常常是在傍晚时分，电话铃声骤然响起。打来电话的人说，他跟同伴订不到酒店，恐怕要流落街头了，真没想到在八月中旬竟会一房难求！还好他们离我家不远，所以是否可以发发慈悲，允许他们来我家暂住一晚？只是一晚而已。结果一晚变成了两晚，然后是一个星期，因为方圆五十英里内的所有酒店房间早已被预订一空。八月份的酒店向来便是如此抢手的。

举足轻重的老板

走进大门后的几分钟内，他便开始与远在伦敦的办公室通电话。他离开自己的办公室共计五个小时了，谁知道会有怎样的不测风云——收发室的男孩可能振臂一呼，带领管理层进行重新洗牌；某个客户可能遇到了麻烦；王国一日无君，可能已经全线崩溃。我们的电话仿佛在他的耳朵里生了根，他的假期全用在打电话上，只有吃饭与喝酒时才会挂掉。他没完没了地谈工作，甚至不愿出门，因为我们家没有自动答录机。

只带大钞的人

他没带零钱，身上只有这张五百法郎的纸币，折合成美金是九十元。若只是买张报纸、一包香烟或几瓶啤酒，这钱是根本找不开的。于是，他只是把这张钱拿出来，让它透透气，说声抱歉没有带零钱,于是由别人帮他买了单。只是几法郎而已嘛。反正我们还要共进晚餐的，餐厅应该很乐意收到一张五百法郎的大钞。可是这位朋友把钞票忘在家里，把信用卡带来了，而这家餐厅不能刷信用卡。他承诺随后还钱，然后叫了一大瓶干邑白兰地。然而还账的日子总是因为他的各种理由被不断后延，那张五百法郎的钞票也始终原封未动。

病毒受害者

起初的两三天，他们很是逍遥快活：晒着太阳，到处吃香喝辣。接着他们像突然断了线的风筝似的，一头栽了下来。一定是之前吃的尼斯沙拉里有病毒，害他们得了肠胃病。他们在床上躺下，虚弱地说想喝牛肉汤，断然不肯承认所谓的病毒无非是自己的消化系统在抗议，抗议它们突然被灌进巨量的桃红葡萄酒：前两天他们喝得可真是欢哪！医生来了，开了栓剂，要求他们忌口。可毕竟“病去如抽丝”，从我家离开时，他们反倒比来时更瘦，更苍白了。

赖着不走的客人

“带了几个朋友来，你们应该不会介意吧。”来的时候他们这么说。四人午餐就这样变成了六人午餐。他们还说，下午再没别的安排了。那意思再明显不过：让我们做东，替他们安排一下午甚至包括晚上的消遣。他们借了泳装，在游泳池旁一屁股坐下来。傍晚七点，暮色四合，他们终于大失所望地离开了。毕竟午餐邀请只包括午餐，恕不招待晚餐。

每逢有客人到访，我们就得花些钱，哪怕是招待举止最得当、最惹人喜欢的客人也不例外。单独地看，为他们花的每一笔都不是大钱，可是架不住积少成多，最后汇聚起来就成了每年的开销中最大的一笔。此外还有项无法计算的隐性成本，那就是疲惫。

招待客人最大的问题看似很简单，却无法解决：客人在度假，而我们不是。唯一的例外是那位对于整个世界都举足轻重的领导。我们每天早上七点起床，我在书桌前工作到九点。他们呢，就像所有悠闲度假的人一样，会一觉睡到十点或十一点。随后在阳光下吃一个慵懒的早餐，在游泳池旁待上一小时左右，喝点小酒，吃午餐的时候又到了。然后我们继续工作，他们继续读书、晒太阳，在松树下的吊床上睡午觉。午睡结束，他们抖擞起精神来，到了晚上便是一副生龙活虎的样子。我和妻子吃着晚餐，打着瞌睡，差点一头栽进汤里，可他们呼朋引伴的兴头才刚刚起来呢。他们会上床睡觉吗？想都别想。夜未央，酒正酣，岂可用睡眠辜负这好时光？

从理论上来说，在一星期当中，主客都能睡个懒觉、保持作息同步的唯一一天就是周日。可是，我们接待过的每一位客人都想去感受大型周日市集的氛围。市集自清早开始营业，到中午就打烊。于是，我们又一次在七点钟起床，驾着车，带着睡眼蒙眬、异常沉默的客人们来到索尔格河畔利勒的市集，在一个个售卖食品、鲜花和古董的摊位间流连一上午。兴许你认为我们在这儿过得很悠闲，但我要告诉你，这对体力真是一场严苛的考验，而且还劳心费神。

也许除去充沛的体力之外，更为重要的是耐心。如果你住在市区，家里来了客人，他们并不是专程来探望你们的，他们要购物，去剧院，去看画展，欣赏风景名胜。他们一大早就离开公寓，通常直到午夜时分，这些走得双脚酸痛却依旧兴致勃勃的客人才能回到床上。若是在乡村，鲜少有人组织休闲娱乐活动，也不像在城市里一样有那么多的消遣，于是娱乐大家的重担就落在了主人身上。具体到我们两人，担起的重担又不仅仅局限于娱乐了。我们发现，若是来客的法语水平仅限于能看懂菜单，那么我们就不得不出面，替他们应付五花八门、千奇百怪、有时候还挺私人化的种种差事。

在过去的一年中，我们不得以提供过的服务有：与古董商讨价还价，为修车账单据理力争，因为一个被偷的手提包去找警察做笔录，又因为那个手提包在车前座下方被找到而回去取消笔录，去银行咨询货币汇率，无数次更改机票预订。我们还因为替客人跑腿成为当地药店的常客，如今甚至拥有了一个自家专属的袖珍药店，里面装着用了一半的各色药物，治腹泻的、治中暑的、被黄蜂蜇伤后用的、起水疱时用的、治花粉热的，以及治轻微妇科病的。

如今的境况好多了。有那么一些所谓的熟人，我们对他们只有一丝模糊的印象，他们却突然兴起登门拜访的念头，表示若能在七月份过来住上三星期是再好不过。对这样的人，我们已经学会了拒绝。讨人厌的客人我们绝不邀请第二次，现在来家里的朋友都是我们确定能够融洽相处的人。与跟这些朋友在一起的其乐融融相比，为他们花费的精力和金钱不值一提。

在短短几天里，看着朋友们的可喜转变，我们心中充满了喜悦：初来时，他们紧张、疲倦、脸色苍白，但用不了多久，他们的皮肤就被晒成了小麦色，整个人变得放松又自如。他们似乎与我们一样喜欢普罗旺斯，他们学着打滚球，学着骑自行车，不再频频看表，而是放慢生活的脚步，与我们保持同样的节奏。看到这一切，我们深深感到欣慰。我们期待他们的到来，期待他们带来的乐趣，他们也时刻提醒我们，能够在这里生活是多么幸运。他们若是不来，我们会想念他们。等待他们造访，已经成了我们的习惯。

奢侈的衬衫

了不起的盖茨比的衣柜中有许多衬衫:“装满一打一打像砖头一样堆起来的衬衫……薄麻布的、厚丝绸的、细法兰绒的……条纹的、花纹的、方格的、珊瑚色、苹果绿、淡紫色和淡橘色的，还有绣着字母组合的深蓝色衬衫。”

很明显，盖茨比是个衬衫的重度爱好者。虽然有人可能瞧不上他对珊瑚色、淡橘色和卷形花纹——尤其是卷形花纹——的嗜好，但不可否认，一个堆满衬衫的衣柜看上去真是赏心悦目。男人永远也不会嫌自己的衬衫太多。我当然也不会。因此，我迈着轻快的步伐，带着蠢蠢欲动的钱包，赶往巴黎赫赫有名的夏尔凡（Charvet）衬衫店，试图亲身体验，并弄明白一个问题：这家店如何能够历经一场场战争、一次次经济大衰退，经受变幻莫测的潮流冲刷，还能做到屹立一百五十一年而始终不倒？

别以为你会见到区区一家门店。夏尔凡公司位于巴黎旺多姆广场二十八号，在巴黎最为昂贵的大楼里占据了好几个楼层。一层的天花板挑得很高，店内很敞阔，并未被各种商品塞满，有充分的空间供你转着银头拐杖、漫步于岛屿一般散列在各处的衬衫和领带之间。

有个人在角落里摆弄一组领带，他完成了最后的调整，然后朝我走来，问是否能为我效劳。我打量着他的衬衫，他也打量着我的。（但凡从事服装定制这行的人，都有这么个有趣的习惯。他们总是情不自禁要对你的衣着迅速端详一番。这是一种本能。我只希望我的领带没有系歪。）我说想买几件衬衫，他略微低头，面带微笑地聆听，然后引着我走到一部小电梯前。我们一同乘电梯上行时，他自我介绍说自己叫约瑟夫，并且在一个便签本上记下我的名字。

一走出电梯，迎面便见到了各式各样的衬衫，多到足以令年轻的盖茨比头晕目眩，无从选择。约瑟夫伸出胳膊朝它们一扫。您喜欢什么样的？这里摆放的是各种成品——质量上乘，这是不必说的。或者……他顿了顿，就在这个时候，我表示想要量身定做。

啊，这样的话，约瑟夫说，你有两种选择。第一种是全定制，整件衬衫完全按照你的个人体型特点设计剪裁。但是有个缺点：你需要在十天后再来店里试穿，不过夏尔凡的客人未必个个都有这个时间。我倒是巴不得能在巴黎消磨十天，我说，可是没办法，第二天一早我必须离开。没关系，约瑟夫泰然自若地说，还有第二种选择。听了约瑟夫对我的解释，这第二种方案似乎完美地解决了所有问题，既让我享受定制衬衫带来的好处，又不必浪费十天时间等待折返试穿。这套方法叫作半定制，具体做法是这样的。

你先试穿几件衬衫，找到最贴合自身体型的一款——肩部舒展，前胸和腰部平整贴合，长度也适宜。衬衫的衣型就按照这件成衣来剪裁，其余部分则完全根据你的要求量体定做。衬衫将在三周后送到你手上，可真是一种两全其美的折中之法。

我被带到试衣间。试穿半打衬衣之后，终于找到一件我自己穿着感觉挺舒服，并且以约瑟夫那双经验老到的眼睛看来也十分不错的衬衫。他打电话找来了裁缝，他是个利索的小个子，穿着精致的衬衫，脖子上绕着一根卷尺。

卷尺转移到我的脖子上。他开始为我量体，肩膀到手肘，手肘到手腕，最后是手腕本身的周长，为了容纳我的腕表，又在左手袖口处留出一些余量。约瑟夫将所有的测量数据记录在自己的便签本上。

我又一次跟着他乘电梯下楼，来到布料室，盖茨比若是到了这里，准会幸福得昏过去。这里有丝绸，亚麻布，府绸和牛津布，有素色的、小格子的、方格的，还有各式粗细不一的条纹，总之是应有尽有。一匹匹布料堆叠起来，足到人头顶那么高，占据的面积堪比大富豪家的一间桌球室。我这辈子也没见过那么多的衬衣布料。我问那位裁缝，这儿有多少种不同的面料？几千种吧，他说，没人算过。真要算的话，要花上一星期。

幸好我手头有一份短短的清单，上面列出了十几种备选，我据此提前选好了想要的颜色和材质。若要在上千种布料中做出选择，恐怕我也得花上一星期。即便如此，他们还是鼓励我在五颜六色的一摞摞布料中走走看看。有些衬衫店会请客人落座，拿出一些布料样书供他翻阅，但我一直认为这并不是选择衬衫布料的最佳方式。仅凭一块四英寸见方的布料，根本无法想象裁剪完成后的衬衫是什么样子。但是夏尔凡展示的是整匹的布——加上有约瑟夫在旁悉心指点——你能看出这匹布展开的样子，也能大概知道这布料裁成衬衫前胸般大小后做成成衣的样子。

我花了大约一小时，选定了一种叫作“海岛棉”的棉布，手感似真丝，洗涤时却不需做任何烦琐的处理。约瑟夫表示赞成。他拿着我选的布匹，带我走进另一个小房间，要在这里就衣领和袖口的种类做一番仔细的斟酌。墙上挂着各式衣领和袖口，衬托出脖颈和手腕的形状。其中有饰耳领、温莎领、长尖领、短尖领，加硬衬和没加硬衬的衣领，以及桶式袖口、法式双袖口，还有外翻式袖口——叫你目不暇接，又为难又兴奋，陷入一种昏昏然的状态，久久无法决定。

我选定之后，约瑟夫的工作却并未结束。他问我是否希望在袖口的位置缝上护手扣，它能保持手腕和小臂之间的开衩不张开，看上去更利索、更平整。我同意使用这种纽扣。

那么您喜欢缝上姓名的交织字母吗？我说我很讨厌这一类的点缀，尤其是看到它们出现在袖口，或被戏谑地绣成象形文字一样的符号，好像在说“别碰我的左胸”。约瑟夫点点头。他曾经问过一个美国客人关于交织字母的问题，对方反应强烈：“我知道自己是谁。”交织字母嘛，不需要。

还剩最后一个小任务需要完成，法国人用精准到无情的字眼将其描述为“*la douloureuse*”，即“结账的痛苦时刻”。自然还得再跟他们乘一次电梯。等电梯的当儿，我注意到墙上挂着一张装裱精良的证书，颁发日期是一八六九年，威尔士亲王欣然恩准将夏尔凡先生指定为他在巴黎的衬衣定制商。（很显然，亲王在他时常到访的每个城市都有一家御用衬衣定制商，兴许是为了以备不时之需，毕竟在十九世纪洗衣效率仍十分低下。）

在夏尔凡店中，有一位先生坐在桌旁，负责为客人办理结账手续，与此同时，在他身后的桌旁，一位年轻的女士正将衬衫、围巾和领带小心叠好，包裹上一层又一层纱纸，然后放进夏尔凡的包装盒里。付账可以用现金，也可以用法国银行开出的支票，信用卡也可以。不论怎么付都好，但你必须锻炼好自控力，千万别被吓得倒吸一口凉气。

账单摆在眼前了。现在你可以先吸一口气，以便一会儿保持镇定。一件衬衫的价钱是一千九百法郎，折合美金为三百五十元。坦白说，我选用的海岛棉比府绸要贵一些，并且买一件成衣衬衫，只需要区区一百七十五美元。可是，既然来到夏尔凡，就必须享受此等待遇才算不虚此行——从容地在布料室中游逛，斟酌衣领和袖口的式样，乘着舒服的电梯上上下下，整个下午都有约瑟夫陪伴左右，享受他细致入微的关照。于我而言，在定制服装的过程中，精华尽在于此。

而且，下次再买衣服便用不着亲自登门了，至少对衬衣而言是这样。我有夏尔凡商店的电话号码，它知道我的偏好和尺寸。只要我愿意，完全可以稳稳当当地待在普罗旺斯，一通电话打过去，迅速而任性地挥霍掉数千美元。三个星期之后，一个邮递员就会抱着夏尔凡的包装盒，摇摇晃晃地走上我家的车道。但我必须要说，到巴黎跑一趟并不是难办的事，那间布料室也颇值得故地重游。

约瑟夫祝福我能度过一个愉快的夜晚，然后引我出了门。夕阳从旺多姆广场背后缓缓下沉，我突然发现，与其他衬衫定制店相比，夏尔凡享有另一个独一无二的优势，一个与衬衫毫无关联的优势。从这里到丽兹酒店的海明威酒吧，只不过两分钟的路程。

葡萄的魔法

一大早吃早餐就佐以葡萄酒，这在我漫长的饮酒生涯中，还是破天荒头一回。我们在法国马恩省的布齐村，村子位于香槟区的核心地带。在开始一天的工作之前，我们在乔治·韦塞尔家门口稍作停留，吃些东西，把肚子填饱。韦塞尔是个幽默感十足的大块头，显然，他认为，一顿普通早餐提供的养分实在有限，无法使你支撑到午餐时间。他家的饭桌上琳琅满目，一盘又一盘各式的熟猪肉，切成厚片的法棍面包，佐以自家酿的香槟。过了一会儿，气味浓烈的当地奶酪和几瓶胖乎乎的布齐酒也端了出来。布齐酒是香槟区出产的唯一一种红酒。

对于每天将早餐限制在一杯黑咖啡外加半个麦麸松糕的人而言，这样的分量可能过于丰盛了。可我们面临的工作要求十分严苛，必须准备好敏锐的味觉和一个装得满满当当的胃。我向来认为，在这种情况下还是入乡随俗比较明智。当地人一定是最明白的。

这次的任务始于我一次不经意间吐露的真言，真是“祸”从口出啊。我当着一位法国朋友的面，承认自己对香槟的了解少得可怜，不过是一些任何一个喝过几年香槟的外行都会知道的零碎知识：酿造香槟的既有大工厂，也有小作坊，有可遇不可求的好年份，有比较浓郁的口味，也有清淡的口味，有气泡大的，也有气泡小的——除此之外，香槟对我而言只是一个充满节日气息的浪漫的谜。毫无疑问，酿酒师堪称艺术家，可是对于他们究竟如何将葡萄变成各色佳酿，我却只有些模模糊糊的概念。就像美味的炸薯条或温柔女子的爱一样，香槟是另一种我们需要心怀感激地享受的天赐之物。

那位朋友很客气，对于我的无知，只是略表吃惊而已。不过，他明显认为，我接受的教育中存在着一处“缺口”——不，简直是一道“深渊”。几星期后，他打来电话，说恰逢葡萄采收的时节，他为我安排了一系列密集的葡萄酒知识普及课。我将见识到葡萄从采摘转变为美味果酒的整个过程。

在布齐用过早餐后，第一节课该开始了。我们被送往这世上名字最为欢乐的一条街道：位于埃佩尔奈的香槟大道。我们的鼻子和味蕾等着去赴一场与安德烈·巴韦雷同行的约会。

巴韦雷先生也是个乐天派（不奇怪，香槟区随处可见这样的人），有赖于他的严格把控，每一年的巴黎之花香槟都能保持独特的味道与色泽。年复一年，就算天气变幻无常，就算葡萄产量不佳，巴黎之花香槟也始终能保有它的雅致和轻盈、它的精妙之处和它极富特色的细腻口感。在多变的环境中保持始终如一的品质，也许正是每一个梦想调配出杰出香槟的人面对的最棘手的问题。香槟是一种调制饮品，一种混合物。“原浆香槟”是不存在的。

首先得去采购葡萄，巴韦雷先生这样告诉我们。墙上有一张地图，列出了香槟区所有村庄和葡萄园的所在地，我们随着巴韦雷先生的指引，来了一番“图上巡游”。每一年，他会从三十六个分散于各处的葡萄园甄选葡萄，然后将各处采买来的葡萄按照一定比例进行混合，比例依据每年葡萄的口味与品质而有所变化。（所以香槟的酿造不能依靠电脑。暂时还没有任何一种电子产品能够取代人类天生的味蕾，而且电脑不懂得吐酒。我很快就会明白，吐酒是一个至关重要的环节。）

有了葡萄后，得将它们的味道进行组合。我们离开办公室，来到隔壁的品酒室。那儿有一张白色的长桌，桌上一些模样普通的绿瓶子一溜儿摆开，还有许多玻璃杯。桌子的四角各放着一个齐腰高的吐酒桶，人们尽可以大大方方地朝里面吐酒。说实话，这些酒刚刚酿成，往往又酸又涩，一口下去，牙齿也会难受得直打战。我们顺着排好的玻璃杯一路品尝下去。小小地抿一口，然后把酒吐掉。一想到竟然有人能够对如此混杂的味道一一进行分辨，我心中油然涌起一阵敬佩。没错，每一种味道都不同，即便是外行如我，味蕾也能清楚地感受到其中区别。可是，如何将这些酒混在一起，哪一种多一分，哪一种少一分，才能得到令人满意的结果呢？这与调制香水异曲同工，只有一点不同，最后的成品必须让人乐于下咽，才算大功告成。

见证魔法的时刻到了。巴韦雷先生拿起一个超大号试管一般的容器，将我们刚才品尝过的新酿葡萄酒原液挨个儿倒入，每一种的分量有所不同。他摇晃着管子里的液体，又从另一个不知名的绿色瓶子里倒出半杯，加入混合的液体中，然后深吸一口气，终于点了点头。他在为我们示范如何调配一种混合酒，让我们知道，原来辛辣刺激的味道，一经混合，反而能够变得柔滑。神奇的是，这种调配品很好喝。

我真想再来一杯，好好品味品味这种香槟的味道，可是接下来我们还得去更远的乡间，因此只能放弃这个念头。我们将赶往韦尔泽奈，在一个修缮过的风车房里用午餐。听说午餐的菜品比较清淡，而且能够为下午还要上课的我们提振精神。

香槟区的自然风光真是无与伦比。它并不震撼，满眼望过去尽是柔和延绵的小山，只有偶尔出现在遥远天际线下的拖拉机的轮廓为眼前的景致平添几分动感——可是被如此精心治理的五万五千亩土地，在别处是绝对见不到的。目光所及的每一处都井井有条，茂密的葡萄树整齐地排开，形成笔直的种植带，仿佛有人拿着剪刀将它们修剪成一模一样的高度和宽度。倘若你足够幸运，受邀到卞尔泽奈的风车房一游，便会见到另一个独一无二，叫人叹为观止、心潮澎湃的景致：手托大瓶[①]香槟的男人。

我们下车时，他已等待多时了。这位老兄脸颊红润，头戴一顶深蓝色的帽子，系着一条白色长围裙，手上是一双白手套。他的右臂紧贴身体一侧，肘部弯曲，手中托着一瓶产自玛姆酒庄的一九八五年份大绶带香槟。世上还有比这更令人愉悦的午餐前奏吗？反正我是没见过。

不过，大绶带香槟只能算是热身，随后我们还将品尝各种优质的大瓶香槟，包括玛姆酒庄的克拉芒香槟，一九八五年份的巴黎之花美丽时光玫瑰香槟，玛姆红带香槟——全部是由一只稳若磐石的手端上来的，其举止之优雅，斟酒角度之精准，真叫我望尘莫及。这位大瓶香槟的专家并不会勒住酒瓶的脖子，也没有握住瓶身，而是托住瓶底，大拇指扣住瓶底的凹陷之处。他将手臂完全伸直，然后酒液缓缓倾倒而出，如此平滑而精准，气泡始终保持在略低于杯子边缘的高度。一想到大瓶香槟分量

① 葡萄酒瓶的大小、种类繁多，标准的容量为750ml，次为常见的为半瓶375ml和双倍容量的1500ml，通常把双倍容量的酒瓶称之为“大瓶”或“马格南瓶”。

不轻，香槟杯的杯口也不大，倒出时手臂要完全伸直，而且香槟会一涌而出，我顿时感觉这场仪式危机四伏。我能想象，倘若换作我来服务，会是怎样的酒水四溅、满桌狼藉的景象。

多亏了顶级香槟的刺激作用，到了下午两点半，我们不仅醒着，而且还十分清醒。我们期待在下午对葡萄展开进一步的研究，了解它们如何从一串串的果实变成一瓶瓶琼浆玉液。

我们的行程从著名香槟产区白丘的白葡萄园开始。在一年中的大部分时间里，葡萄园里都是空的，偶尔有寥寥几个耐心的身影在其间缓缓走动，那是前来检查葡萄长势的果农。眼下的葡萄园却挤满了人，狭窄的绿色通道中站满了进行秋收的采摘者。天气温和而干燥，正适合采收葡萄。春末霜冻带来的影响比人们预想的要小。这将是一个丰收之年。

一篮又一篮葡萄被送到葡萄园尽头集中起来，由卡车或拖拉机运到克拉芒村，压榨机正在那儿等待着它们。这是一些用来“折磨”葡萄的硕大圆形设备，由木条构成，一次足以容纳好几吨葡萄。一个巨大的木架非常缓慢地自上方落在葡萄上，把它们压破、碾碎。丰润的果汁则流进地下的大桶里。

葡萄一共要遭受三次如此残酷的压榨。第一次提取最好的葡萄汁，也就是初榨汁；第二次得到的是用以进行混合的葡萄汁；最后一次的果汁在过滤后被用来制作当地的一种佳酿，一种据说会促使胸毛生长的果渣白兰地。一滴也没有浪费。同一批葡萄竟然变成了两种截然不同的饮品，想一想都觉得神奇：一种雅致而轻盈，另一种——呃，碰巧我还挺爱喝果渣酒的，但你绝对不会想用“雅致”这个词来形容它。

我们跟随葡萄汁的行进路线，回到埃佩尔奈的发酵桶边。在此处我要格外提醒诸位，假如你珍爱自己的鼻窦，千万不要去闻发酵过程当中的香槟味儿。不论谁建议你这么干，都要礼貌地拒绝。我就犯了这么一个错误。我俯身于一个敞开的酒桶上方，像个鉴赏家一样深深一吸，差点儿就四仰八叉地往后翻倒，从十英尺高的平台上摔了下去。仿佛有数不清的小针在扎我的鼻孔。我头晕目眩，眼泪汪汪地请人家带我离开，到一个气味不是那么浓烈的地方。于是我们离开发酵桶，前往地底深处一探究竟。

在著名的法国小城兰斯和埃佩尔奈的地下，有延绵数英里的地窖和通道，有的可达三至四层楼房之深，里面装满了一瓶瓶的香槟。这些洞穴凉爽而昏暗，温度保持恒定，一瓶瓶美酒在舒适的环境中沉睡。那一座又一座酒瓶堆成的深绿色小山，简直是香槟爱好者的天堂。

我们探访的是巴黎之花香槟的酒窖，按照香槟区的标准来说，这里还不算很大，却足以使你稍不留意就迷失方向。（不过迷失在一千二百万瓶香槟之间也不失为一件乐事。）最古老的酒窖恰好位于巴黎之花酒庄办公室的下方，是自白垩土层中人工开凿而成。一道道拱门将洞穴彼此串联，拱门上还能看见因年深日久而发黑的铁镐挖痕。我们不断往前，又往下，最后来到一排排支棱着棱角，像帐篷似的木架子跟前，每一座架子上都插着几十瓶酒。

这些架子发明于十九世纪，几乎与人等高，作用是除去瓶中因为发酵而形成的残渣。酒瓶瓶口冲下，被倒置着卡在椭圆形的孔里，孔所处的斜面角度设计得很陡，使得残渣能够滑向瓶塞处。要确保残渣能彻底且均匀地滑向瓶塞处，不时需要一些外力的帮助。有人会将瓶子轻轻举起，顺时针旋转一定角度，然后放回到架子上。这一过程叫“转瓶”[①]，尽管人们开始尝试使用设计精巧的机器转瓶，但完全能够替代人工的理想方案尚未出现。这一定是一份寒冷而孤独的工作，一位经验丰富的“转瓶工”一小时能转三千个瓶子。

转瓶之后就是除渣[②]。（请原谅我在此处用了法语词汇，但若翻译成英语显得不够优雅，无法准确描述香槟的制作过程。）将瓶颈处的酒进行冷冻，沉淀物便被冻成冰块，然后便可除去。酒瓶被重新加满、封盖、贴标签，完工！起初生长在泥泞地里的葡萄就此蜕变为举世闻名的美酒。

对于一瓶年份香槟，是应该立刻畅快痛饮，还是放个一两年甚至更长时间再喝呢？专家们意见不一，他们向来如此，从

---

①② 原文为法语。

未统一过意见。有的人说，保存太久会令香槟失去气泡和风味，只剩下寡淡的余味，如同一个淡淡的影子。当然，这要依照酒的品质而定，我敢肯定的是，放置时间长一些是有好处的，就算留到我们生命的最后一晚享用也没有问题。

我们受邀前往兰斯的玛姆特色酒店享用晚餐，在那里再次见到了老朋友——手托大瓶香槟的男士。随着课程的进行，一九八五年份的红带香槟和一九八五年份的顶级大绶带桃红香槟也被一饮而空。最后登场的又是大瓶香槟，这一次瓶身上没有任何标签。它被小心翼翼护送着上了桌，仿佛是一位家财万贯的老妇人，而我们正眼巴巴盼着从她那儿继承遗产似的。我看了看菜单，上面只是简单地将它标记为"陈年香槟"。

我迎着灯光举起自己的杯子，看着气泡呢喃着从杯底浮起。无论岁月带来过怎样的改变，它从未遏制过气泡的产生，反而给予这酒一种淡淡的烘焙气息，那种真正年份久远的香槟散发出来的烤面包的香气。它的味道浓郁、优雅而迷人，这是一瓶三十年的陈酿。人生苦短，彼时彼地，我下定决心，以后再也不碰便宜的香槟了。

新年计划

此刻是新年前夕，深夜十一点三十分。你的血管里嘶嘶流淌着陈年的库克香槟，人们打扮得光鲜亮丽，排着长队，等待在午夜钟声敲响时彼此献上香吻。如同一位富有而纵容的叔父般值得你投以期许的新年，已经近在咫尺了。美好的旧日时光已经过去。这时候有个人——总会有那么个人，他或是她，一边喝着巴黎水[①]，一边扭动着身躯——朝你走来，并问道：

“你的新年计划是什么？”

哦，天哪！这个倒霉的声音是从哪儿冒出来的？没看见我正纵酒狂欢，快乐似神仙吗？这个讨厌鬼为什么要在此时此刻提醒我现实生活的种种束缚？好吧，如果你在夜晚认不出这个

① 一种天然有气矿泉水。

声音，明天一早准能认出来，因为那不是别人，正是你本人的良知。它幻化成人的模样，等着你宣布自己将放弃至少一个不可饶恕却能够带来无穷快乐的习惯。

我不知道这一切是如何开始的。那一丝可怕的自我克制是在何时钻入我们本该无忧无虑的基因中的？只是每一个新年前夜，在世界各个角落，有那么多的人拟定新年计划。倘若这些计划统统实现，生活的乐趣便与在殡仪馆举行葬礼一般所剩无几了。幸运的是，我们在后文便会看到，理智终将卷土重来。只是到那时，我们已经为新年计划付出了惨重的代价。

大部分人可能犯下的第二条错误（第一条是拟定新年计划），就是将自己的计划广而告之。我们不肯让那些帮助自我提升的惊人计划烂在自己肚子里，反而逢人便宣扬，我已经打定主意要如何如何了。不过，新年前夜就是新年前夜，这时我们通常已经喝得酩酊大醉了。这算不得是个好的开始，但这举动背后的想法还是值得嘉奖的：我们知道意志是脆弱的，为了获得精神上的支持，巩固软弱的意志，我们将自己的承诺公之于众。若是不履行诺言，会引来朋友们的嘲笑和批评。失败者是懦夫，我们绝不允许自己失败。

更糟糕的是，拟定些不显眼的小计划还不够。放弃垃圾读物，不再看电视到深夜，拒绝香蕉牛奶软糖圣代，或是不再朝出租车司机大呼小叫，都是需要几分自我克制的。可问题是，这样的牺牲只有天知地知和我知，换句话说：别人不知道。一直以来，制订新年计划最可怕之处，就在于你的改变必须是肉眼可见的。结果便是我们再一次被“拟个大计划”的陷阱套牢（别忘了，新年前夜的兴奋劲儿还没过去，我们的脑子还晕着呢）。

别把新年计划跟正经事混为一谈。倘若你打算来年在事业上来一次华丽蜕变，那不算一条“新年计划”，当然，倘若这会给你的个人境况带来痛苦的改变，比如离开华尔街去当一名僧侣，那又另当别论了。总之不能把职业发展的雄心算作新年计划。那么我们还剩下什么可以计划呢？

十之有九，这个“大计划”关乎自己的外表或健康。（在这种时候精神总是屈居次位，因为精神上的成就是不可见的。）在这样的情况下，遵照“遇空必填”的自然规律，实现计划通常需要两个步骤：放弃一个快乐但不健康的习惯，用一个健康的习惯取而代之。倘若它简单得如同“拿掉”吃冰淇淋，“填上”慢跑，那倒也不错，同时不至于产生多么大的经济负担。可是，事情从来不是那样简单的。

假设你已在新年前夜尽情寻欢作乐了一番。你下定决心要戒烟、戒酒，夏天去海滩撒欢的时候比现在瘦上十磅。你仿佛已经看到那个焕然一新的、更加优秀的自己——一个肌肉强健、纯净无瑕的帅哥，身边围着一群气喘吁吁、大腹便便的嫉妒鬼。

一月的第一天安然无事，你宿醉未消，能弄清楚脑袋在哪里已经很不容易了。可是，这个月随后的日子不好过，新年计划的力量渐渐凸显。酒瓶在召唤你；抽烟嘛，光是想想都会幸福得发晕；一大罐鹅肝酱仿佛跟着你在房间里四处打转，甩都甩不掉。要抵制诱惑，非得有坚决的措施不可。

于是，你将诸多诱惑尽数抛弃，把东西送给那些一脸难以置信又满怀感激的朋友：装着一九五五年红葡萄酒的匣子、五六瓶珍贵的陈酿干邑、装满上好登喜路雪茄的保湿器、鹅肝酱——拜托诸位，快把它们拿走吧。

你慷慨散财，然后突然醒悟，人生的支柱已经被自己尽数拆除，眼下的当务之急是另寻一副新的支柱。别急。健身美体行业已经等候你多时了。只要加入其中，拥有强健的胸肌和健康的心血管根本不在话下。你只需决定要用哪一种方式强身健体，同时从银行贷一笔款，多么简单。

在过去的几年中，眼看着人们在健身方面的花费节节高涨，我猜其中有一个重要原因是运动器械的样子太诱人了。这些东西看上去真是赏心悦目，从流线型设计的吸汗袜到衣柜大小的迷你健身房，莫不如此。运动鞋造型考究得如同雕塑，网球拍呢，简直像直接从现代艺术博物馆里拿出来的展品。在过去，普通的哑铃只是一个乏味的铁块，如今也镀上铬，印上条纹，磨得锃亮，仿佛一个引擎曲柄轴，而且是安装在价值二十万美元的法拉利车上的那种。

很快你便会发现，它们没有一样不烧钱。可是你告诉自己：工欲善其事，必先利其器。这不是挥霍，这是自我提升。再说买运动装备这事儿多有意思啊。（比买了它后用来锻炼要有趣多了，你不久便会明白。）事已至此，不如干脆加入一家健身房或网球俱乐部，成为那些健康、积极、意志刚强的人中的一员吧。你的确这么做了，在交纳了一笔不菲的入会费之后。

荷包里少了好几百美元之后，终于要动真格的了。疼，而且一如既往地枯燥单调。每一次的课程结束后，身上到处都疼得厉害。兴许这说明你的身体正在发生好的变化！可是肉眼丝毫看不出任何区别，办公室的姑娘没对你的好身材赞叹连连，连卷尺也未曾透露一丁点儿激动人心的信号，就连一丝微小的鼓励也没有。健身房里的头号魔头是一个年轻小伙儿，他的身材仿佛不是血肉之躯，而是由抛光的大理石雕琢而成。他反复告诫你，没什么好担心的，只是需要些时间而已。多长时间？哦，三个月吧，或者六个月。我们再来练一百个仰卧起坐，然后做仰卧推举。

六个月！六个月的画面在眼前徐徐展开：忍受身体的酸痛不说，而且还必须滴酒不沾。你起了疑心，万一结果证明这些健身方法无效呢？只要心中浮现一丝一毫的怀疑，你就完了。有关计划失败的概率，我手头并没有官方的统计数字，可以我个人的经验和观察来看，这个数字绝对够高，高到可以与创作出小说处女作或攀登珠穆朗玛峰的失败概率相媲美。一般而言，放弃心中所爱，去做自己认为该做的事，注定是要失败的。

应该是奥斯卡·王尔德曾经说过："万事应适度——包括适度本身。"话中的睿智之处在于，它认识到人类具有一种天性，就是时不时会跌跌撞撞地偏离常规，放纵一下自己。人们制订计划时常常不肯将这一点考虑在内。他们的计划总是异常苛刻，一副不成功则成仁的架势，这在某种程度上也是一种极端。因此，在二月中旬的某个时候，会有无数人怀着或轻或重的愧疚感回到自己的老路上。每一天，只要看到那些装备，他们便为自己的一事无成感到深深的懊悔，最后这些装备不是被藏起来，就是送了人。如此这般，直到来年的新年前夜，历史再次重演。

我也曾年复一年地上演这样的闹剧，但如今已不再订计划了。不过我是有计划的，每年的计划都一样，而且到目前为止，一直完成得很好。我将它们告知于你，希望你们能和我一样从中受益，也就是说，能够避免不必要的浪费，不受罪恶感所累，清楚而平静地看待和面对新年。

第一条计划

我从不在新年前夜出门。不必强颜欢笑，也不会有接踵而至的肝脏损伤。我在家享用晚餐，喝自己能够买得起的最贵的酒。我会在床边准备一杯香槟，如果新年到来时我依然醒着，就干了它。新年的第一天，当满世界的人都觉得身体不舒服时，我走出家门，花上很长时间，静静地享用一顿午餐。

第二条计划

我会试穿去年的长裤。实际上，我有一条穿了七年的长裤，与它配套的上装倒是穿得不勤。我留着它，是用来作“标杆”用。如果穿上这条裤子感觉太紧，我会采取一些措施——顶多只需要在一段时间里少吃些面包（我住在法国，这儿的人每天至少要干掉一根法棍），问题就能得到解决。我的窍门就是，将发胖扼杀在萌芽状态，便可将损失降到最低。这方法简单易行，而且立竿见影。我的裁缝可以证明：自一九七三年之后，我的量体尺寸就没有变过。

第三条计划

早餐前绝不饮酒。

于我而言，这些计划每年都要重复，已是习惯成自然了，而且更为难得的是，它们一点也不贵。祝所有人在新的一年里蒸蒸日上。

贴心的老式酒店

我想，这个理念应该是由康拉德·希尔顿首先提出来的：出游时，越是尽可能多地待在熟悉的环境里，游玩的质量便越高。地方很远没关系，名字古怪也无妨，只要早餐能吃到炒蛋，房间里有空调，有通畅高效的沟通渠道和讲英语的人，那就都没问题，哪怕他们的英语带着奇怪的口音。我们可以使出浑身解数，去探访巴黎当地的集市，汇入罗马威尼托大街尽头的汹涌人群之中。只是，在异国他乡奔走一天之后，疲惫的游客需要一杯加了满满冰块的饮品，一份简单易懂、不需翻译的晚餐菜单，一间体面的浴室，以及一张超大双人床。简而言之，就像回到家一样。

众所周知，希尔顿的这一理念在全世界大获成功，原因很简单：如此一来，客人可能不清楚自己身在何方，却一定会知道接下来将发生什么，绝无意外。酒店的经营者偶尔也会添加几抹地方风情，比如用芒果汁代替橙汁，女服务员不穿普通裙子，而是纱笼——但是在多数情况下，你是在东京还是墨西哥城入眠，这并不重要。哪怕是最具异国情调的地方，也会有一家符合你食宿标准的酒店，为你提供舒适、安全与宾至如归的感觉。

这一理念倘若在此处打住，仅仅成为众多旅游选项的其中之一，那是最好。不幸的是，事实证明它已经靡然成风了。多家连锁宾馆接二连三地开始采用这一理念，只是或多或少地加入了一些地方特色，给这套大同小异的全球经营模式增添了些许个性而已。这些连锁酒店的新主人振振有词地声明被自己吞并的每一家酒店都保留了自己的特点，可一转头，他们便开始为一切可以标准化的事物制定标准，从浴室的设备到配色方案，统统不会放过。最后，当你在某家酒店醒来，若是好奇自己身处哪个城市，唯一确定无疑的方法是起床翻看电话号码簿。

如今，游客们越来越见多识广，越来越敢于冒险，这种风气本该偃旗息鼓了，可是在二十年前，酒店业出现了一种挥金如土、地位尊贵的客人，一种新时代的流浪汉，他们如雨后春笋般从都市世界的地面冒了出来。他们是至高无上的客人，顶阔绰的消费者，对他们来说，打电话到里约热内卢跟打电话叫客房服务似乎没有区别，根本不考虑价格。他们是所有酒店梦寐以求的、绝不可放过的、最有价值的那种客人。他们是大公司的总裁，日理万机，功成名就，满世界漫游。如今大部分酒店便是为他们度身打造的。

在我们这个时代，有关人类行为和喜好等方方面面的资讯都被一股脑地喂给电脑进行分析，毫无疑问，这个新兴游牧民族的一切冲动和嗜好，每一个细枝末节，都被研究和分析透了。我本人并未见到过成文的研究结果，可是，谁还需要看文件呢？证据清晰地展现在世界各地的酒店里。在美国、澳大利亚、英国、法国、德国、意大利和瑞士进行实地考察后，我自信已经确切了解了公司大佬们希望酒店为他们提供些什么。

首先，他需要一间富丽堂皇的大堂，最好是一间中庭，各式的陈设周围摆放着郁郁葱葱的绿植。这不是出于审美的考虑，也不是为了让他在一天的残酷博弈之后，感觉步入了一片葱郁而宁静的绿洲。不是的。他的目的在于，可以将大堂当作一间巨大的办公室，有地方供他随意扔下公文包，也能在榕树下开会、点饮料、打电话、做演讲，总而言之，就是将这地方当作华尔街或麦迪逊大道的临时延展台。

他需要好几个酒吧：一个用来谈公事，光线必须充足，供他阅读销售数据与合同；一个用来打情骂俏（说不定会有艳遇呢），光线必须暗淡，确保在十英尺开外不会被任何人认出来；还有一个酒吧位于他的房间。

房间里必须配备各种各样的小配件、小装置和表格，尽量减少客人与酒店员工的个人接触。总裁在沟通时不爱动嘴，那太老套了，他喜欢在酒店提供的表格和便签本上填写各式各样的订单：洗衣订单、早餐订单、酒吧消费订单等等。（有一天，电子化指挥系统可能取代这一切，客人只需要在早餐主机或干洗数据库中输入自己的需求即可，但结果是一样的：现代、高效，却毫无人情味。）

这一切也许是行踪不定的生意人乐于在旅途中见到的。但我不喜欢。若是住在酒店里，我更愿意感觉自己是个客人，而不是会议中心的某个临时部件。我喜欢享受那些小小的、殷勤的招待，它只能由两百个勤奋的人组成的团队才能提供，在家中是绝不可能出现的。让流水线一般毫无个性的现代化见鬼去吧，我想见到那些彬彬有礼、训练有素且总是面带微笑的人，享受他们的照顾，我需要这种快乐。或者这么说，只要为我在康诺特酒店订个房间，一切皆可实现。

说来容易，做起来难。康诺特酒店，伦敦酒店业的骄傲，建于一八九七年，那个时代兴建的酒店庞然如富家豪宅，而非小型办公楼。也正因如此，酒店的房间数量十分有限，一年里的大部分时间都被外国皇室、美国社会一些低调的名人和英国乡绅所占据，不时也有著名演员入住。即使有了空房间，你的预订单也不见得会自动往前排。倘若你认识在这家酒店住过的人，那倒有些帮助，他可以提供一些参考，确保你能够与其他客人融洽相处，令自己和对方都感到自在。

酒店的大门位于卡洛斯广场，规格不大，却很优雅，鲜花环绕。门童守候在此，他头戴一顶丝质高顶礼帽，脚蹬一双光亮如镜的皮鞋，人高马大，举止却同样优雅。他允许我的妻子自己拿着手袋，至于出租车里其余的行李，不论是杂志还是行李箱，全部不着痕迹地替我们搬走，好让我们能够轻装上阵。

按照如今的标准来看，大堂很小，不比你曾祖父的书房大，也许连装修风格也如出一辙。黄铜、玻璃和红木镶板，地毯和椅子色泽沉静，在岁月的洗礼中优雅地老去，透露着一种低调的风华。目光所及之处没有任何碍眼或刺眼的地方。一切都闪烁着落落大方的微光——黄铜、玻璃、红木，以及前台后面迎宾队伍的牙齿。

他们询问我们的名字，自那一刻起，似乎全酒店的工作人员都认识了我们。这信息怎能如此迅速地悄然传递开去，真是叫我费解，但是从打扫房间的女工到酒保，每个人都叫得出我们的名字。我本以为，这项基本礼节与夜间擦鞋服务和亚麻床单一样早已经一同从酒店业消失了。

一个身着黑色燕尾服的年轻男子带我们上楼，领我们到达房间。他承诺会为我们提供最好的服务，以消解伦敦的天气带来的不快。行李和下午茶送来了，我们留在房间收拾行李。不过，我总有一种感觉，如果我们说因为乘电梯上个楼而感到疲累，这儿一定会有人乐意帮我们收拾的。

时光好像倒流了，我们仿佛住进了英国乡村大宅的一间卧室里，回到了那种拥有乡间宅院的乡绅依靠财力苦心经营的日子。桌上摆放着鲜花，还有如崭新的纸币一般硬挺的信笺。角落里有一台电视机，除此之外唯一可见的设备就是床边的小面板，上面有三个按钮：一个用来呼叫打扫房间的女工，一个呼叫女服务员，最后一个用于洗熨服务。有了这三个按钮，一切都可以实现。半夜肚子饿了，鞋带断了，发现外套皱了，突然觉得需要多一个枕头或一片阿司匹林，袜子需要熨烫，帽子需要蒸一蒸再刷干净，只需要按一下按钮，两分钟之内，这三人之中的其中一位就会出现在门口。我想，大概在电话被发明出来之前，客房服务就是这样的吧。

身边有许多这样乐于帮忙的人已经叫我们喜出望外了，更难得的是，这里没有那种扬扬得意的宣传语——大部分酒店会在客房里放上过度吹捧的广告，推销自家的酒吧、餐厅、电报机和会议设施。没错，我的确在“住客须知”那张纸上读到一句话，一个怀有公文包情结的人或工作狂，若是见了这句话一定会悒悒不乐。它写的是：请勿在公共空间进行商业会谈。工作就像性爱，应该避开闲杂人等的目光。写这句话的人真是深得我心，他对穿着方面的要求也相当严格：穿牛仔裤不得入内。这一下，我对他更是好感倍增。

也许我在着装方面还是挺势利的。牛仔裤、跑鞋、滑雪衫、网球衫、航海汗衫、全套白色猎装以及澳大利亚丛林帽，这些衣服都很好看，但前提是在对的时间和地点穿。穿着它们出现在一家优雅的酒店当中，就显得草率、别扭，而且相当愚蠢。大概有人觉得，穿得像从伐木营里溜出来的逃工会显得很酷，对此我可不敢苟同。至少得与酒店行李员穿得一般正式才行。所以在下楼去酒吧之前，我高高兴兴地戴上了领带，这可是好几个月来头一遭。

如今，认真开酒吧的地方已经不多了。酒吧的存在，是为了给人们提供舒适的环境，让人们放心享用精心调制的美酒。这本该很简单，真正能做到的酒吧却极少。内部装修、绿植和音乐往往喧宾夺主，将酒吧的首要功能掩盖了。有的酒吧灯光太暗，打着手电才能找到自己那杯酒；有的酒吧里坐着一位手指僵硬如铅的钢琴师，怀着杀戮般的冲动，妄图用琴声将人们的谈话声彻底淹没；还有些酒吧的蕨类植物或盆栽棕榈树长得过于茂密，一不小心就将你隐藏在了丛林深处，让侍者怎么也找不着你；还有的为酒水起一些荒唐透顶的名字，真叫那些老实本分的酒水十分尴尬。要找到一家不搞噱头、不为变成社交舞台而存在的酒吧，越来越难了。

对于只想喝上一杯称心好酒、不想被无故打搅的人而言，起初位于威尼斯的哈里酒吧（Harry's Bar）是不多的理想地之一，另有一家就在康诺特酒店。实际上，康诺特酒店的酒吧是两间互相贯通的屋子，里面摆放着小小的红木桌、皮质扶手椅和沙发。除酒保之外，没人会站在吧台旁。在别的酒吧常见的一列椅子后背齐齐排开的景象，在此地不会出现，你只会看见一位艺术家操弄着各式各样的瓶瓶罐罐、玻璃杯和调酒器，行云流水般展示一门优雅的技艺，那份游刃有余的精准，来自于二十年坚持不懈的练习。

这位调酒师是我在康诺特酒店想要绑架回家的对象之一，可是，想到这样做将迫使他与他的好搭档，也就是吧台侍者分开，我又觉得似乎是个错误。这位仁兄毫无疑问是我所见过的最棒的侍者。他的双手如杂耍演员一般灵活，满满当当地端着许多盘子和斟满酒水的玻璃杯。这已经足够令人惊叹了，可使他从普通侍者当中脱颖而出的地方，是他的后脑勺上仿佛长了第二双眼睛。我怀疑他还可能善使读心术。

他不断地在两个房间之间穿梭往来，回应着细微到难以察觉的信号，任何地方燃起“干渴”之火，他准会赶过去及时将其扑灭。略微抬起一只手指，甚至只是抖一抖眉毛，便能够续上一轮酒。不必将起初叫的酒名再重复一遍，他知道你喝什么，而且似乎很清楚你大概几时能喝完，于是安排好巡逻路线，以便赶在你最后一口酒下肚时，恰好来到能见到你眉毛抖动的范围之内。

这里的酒也是酒水应有的样子——分量合适，酒杯与酒搭配恰当，没有毫无必要的虚饰。最好佐以酒店厨房当天特制的炸薯条。人们平静而惬意地交谈着。没有音乐。没有商务会谈。你的心中一片恬静安宁。这样的生活真好。这个晚上只剩最后一个大问题：晚餐该吃些什么？

某个人从餐厅的方向朝我们走来，那风度翩翩的模样，犹如一位正在度假的外交官。他递给我们一份菜单和一份与一本中篇小说厚度相当、带皮质封面的酒水单，然后转身轻盈地离开，好让我们从容地从一系列经典法国和英国菜肴中做出选择。待他再次返回时，我正在研读酒水单中高潮迭起的部分，其中陈年的波尔多干红葡萄酒突破了五百美元一瓶的大关。我翻回第一章，开始点菜。

康诺特酒店有两间餐厅，哪一间才占据着宇宙中心般的重要地位呢？关于这一点颇有些争议，其中难免沾染着精英主义的习气。酒店本身明智地对此避而不谈，但还是会有人告诉你，在格里尔餐厅，特别是在午餐时间，更容易撞见工业界巨头以及德高望重的政界人物。而在较宽敞的那一间，与你一同用餐的可能是乏味的女公爵和大富翁，他们不肩负任何国家重任，也不曾为这个国家的工业发展操过一点心。当然喽，我们选择了不务正业的客人常去的那间餐厅。

从酒吧离开时，没有人叫住我们为酒水签单或付账，至少，在当时当地是没有的。康诺特的住客不必忧心这些与吃喝有关的细节花费。吃饱喝足后，只管起身离开就是，绝不会有人挥舞着账单在你身后狂追。账单嘛，你最后总会见到的，在退房结账的时候。在此之前，账单会交到别人手里，不会给你。

你很快就会习惯这种令人愉快的做法。我听人家讲过一桩趣事，有天晚上，康诺特酒店的一位常住客人打算去街尽头的斯科特餐厅用餐。吃过饭后，他向侍者领班道了晚安，从餐厅离开，去蒙特街散了散步，然后才回酒店上床睡觉。这一路上，都有个人拿着账单，始终小心翼翼地尾随在后。账单最终交给了酒店，经过一番必要的安排，并没有给客人带来任何麻烦。

在伦敦，可能有比康诺特酒店更为时尚的餐厅，却很难想象有什么地方能比它更舒适。餐桌与餐桌保持很宽的间距，餐具摆放美观，桌上装饰着鲜花。宽敞的餐厅镶着墙板，灯光柔和——所有那些贵得要命的餐厅里该有的东西，这儿都有。可真正叫我感到意外的，是这儿的服务员竟然如此贴心，叫人如沐春风。从餐厅领班到将烤牛肉推到餐桌旁供我们查看的侍者，我们仿佛是他们毕生等待的唯一顾客。他们的服务不仅专业，而且友好而亲切。许多大酒店只顾着展示自己是多么恢宏气派，却无暇顾及如何以友好的方式待客。

那么，菜品怎么样呢？若是为你们详细描述这里的美食有多么可口，未免太不厚道了。时下，英国有几位厨师正声名鹊起——比如安东·莫西曼、尼科·莱登尼斯和鲁氏兄弟，他们在英国的知名度足以与博库斯以及特鲁瓦格罗在法国的名声相当。康诺特的厨师倒不是这样赫赫有名，可他对待烹饪如圣徒一般虔诚。我们的头两道菜完美无瑕。

接下来，用餐要暂停片刻，为换桌布的仪式腾出时间。我和我的妻子自认还不够资格被封为世上吃相最差的食客，暂停用餐时，桌子上只有几块掉落的面包屑而已。它们被清理走了。然后，一张雪白的新桌布在桌面上重新铺开，杯盏和瓶子被小心翼翼地拿走，换上了新的。我们在一尘不染、没有一丝皱纹的桌布上继续用餐。这纯属不起眼的细节，不是必须做到，但却能锦上添花，这些小细节也是令康诺特有别于一般酒店的典型之处。

我们吃了奶酪、甜点，喝了咖啡。此时，在某个地方有人已经将我们的账单拿在手中，以防我们打算现场付款。但是我们行使了住客的特权，直到最后结算的那一天，才让它出现在视线中。

我们上了楼，回到自己的房间，床的两侧已经放上两个亚麻脚垫，上面绣着两行字。第一行，上床时看得清楚，是“晚安”，第二行要从相反的方向读，是“早上好”。我把鞋子留在了门外，然后安然入梦，睡了个“富贵觉”。

第二天早上，我发现鞋子仿佛在一夜之间被翻新了，比伦敦孱弱无力的阳光还要熠熠生辉。倘若有机会，我还要绑架一个人。只需朝多数伦敦人的脚上看一眼，就知道擦鞋这门艺术在此地几近绝迹。而在我生活的法国，它从来就不曾存在过。若能引诱这位擦鞋的大师跟我走，我一定像对待王子一样毕恭毕敬地对待他。

尽管我们不饿，但仍有钻研的兴趣，所以对着早餐菜单研究了一番。这是维多利亚式的丰盛早餐，从前英国人一大早便要辛苦开工——不是捕猎狐狸就是为帝王修筑城池，这样的早餐能为他们提供充足的能量。早餐有燕麦粥、熏鱼、腰子、各式香肠、果肉分明的酸甜橘子酱，还有各式各样的面包，足够开一个面包房的了。我们只要了牛角面包和咖啡，感到自己十分节制。

在确定保持体面的前提下，我们尽量细嚼慢咽，以便迟一些回到外面的世界。我的妻子感到好奇，要是永远住在这里，会是怎样的感觉？她随即得出结论，日子肯定不难过。我正思考着一辈子都住在这儿要花多少钱，其实前台就有一条线索正等待着我。它被藏在一个皮面文件夹里，是我们在此住宿期间看到的第一张、也是最后一张账单。

不得不说，康诺特的生活不适合节俭的人，或者说，不适合所有为生活设定预算的人。正如一位睿智的老富翁所说：如果你得问价格，就说明你买不起。在此逗留期间，我们限制自己每天只在酒店吃早餐和一顿正餐。我们避开了大瓶香槟和价值五百美元的波尔多干红葡萄酒，面对午夜时分的鱼子酱小食、法式橙酒舒芙蕾、正当时令的松鸡或是当作睡前酒的一九四八年年份波特时，我们没有放任自己，一味地贪求。我们表现得克制、有分寸。

即便如此，三天的消费至少也在两千五百美元左右，不包括小费。要让自己相信，每天八百五十美元花得物有所值，这可能需要提前做好心理建设。至于我嘛，我的确认为这钱花得值。

除去美味佳肴和舒适的住宿体验之外，康诺特还另有一种吸引力，这也是将它与其他高档酒店区别开来的宝贵特质，那便是工作人员营造的氛围。他们每一个都温文尔雅，魅力十足，对自己的工作更是精益求精。要找到这样的人，培训他们，并且留住他们，其成本远比任何凭表面夺人眼球的奢侈项目更高。世上所有大理石铺就的大堂加起来，也比不上期待为你提供满意服务的那些亲切的人们。这才是你买单的原因，每一分、每一厘都物有所值。从前人们称其为“服务”，如今它已是如此稀有，因此被称作“老式服务”。愿上帝保佑康诺特。

单一麦芽威士忌

有件事真是很怪。现如今，每个人对自己的身体都倍加关注，几近痴迷：凡属肉眼可见且可活动的部位，每日一检查；脏器功能，至少每年一次，委托给穿白大褂的大夫检查。我们大把大把地吃着维生素，要延长青春，要抚平皱纹，要缩紧小腹。体检的风潮愈演愈烈，可是，人体构造中有一个微小却不可或缺的部位，却始终被刻意忽视。上颚成为人体的二等公民，味蕾沦为濒危物种，甚至可能因为无用武之地而退化。

说穿了，大概是由于对营养的追求日趋同化，导致食物批量生产，而最终吃亏的是个人的味觉，受损的是各地的特色风味。曼哈顿第三大道上一家店卖的汉堡，与香榭丽舍大街的汉堡味道毫无二致。鸡，一种禽类，和猪肉、牛肉和羊肉一样成了被摆放在货架上的货品。至于蔬菜——不用裹上黏稠的调味汁或沙拉酱，只为吃出西红柿、土豆或沙拉本身的味道，那是什么时候的事了？还记得吗？

面包味同嚼蜡，苹果吃起来像湿袜子，奶酪带着廉价肥皂那种微妙难言的气味，洋葱一点都不辣，菠菜能让大力水手噎晕过去。它们看上去都是真的，因为这一切，不论羊排还是青豆，都是为了漂亮的样子而被培育出来的，放进嘴里一嚼，才知道跟货真价实的食物之间没有任何相似之处。没办法，只能去喝酒了。

可是，就连酒也未能逃脱种种居心叵测的改造，变得千篇一律，索然无味。啤酒味道淡了，烈酒绵软无力，葡萄酒中掺了苏打水，白开水似的伏特加却卖得异常火爆。毫无顾忌地加冰并不能令酒变得冰爽，反而把酒冻僵了，还在认真品酒的人要小心了，就算没有肝硬化，你的舌头也恐怕早已冻伤了。

例外也是有的。在遥远的苏格兰，就有一些人仍然在勉力从事一种伟大的事业。他们的目标，不是为普罗大众制作小零食，而是为少数人提供无上的美味。他们慢条斯理，精雕细作，用蒸馏法酿造单一麦芽威士忌，而且每次只出产一小批。

在酒吧点普通的苏格兰威士忌，如果不特别指定某个种类，酒保给你的威士忌通常是由多达三十种威士忌调和的产物——麦芽威士忌与风味较为平和的谷物威士忌的混合物。之所以要进行调和，主要出于两个原因。第一是获得更容易为大众所接受的风味，虽然相较于单一威士忌而言不那么独特，但是口感更加顺滑。第二是保持口味的一致。高水准的调和苏格兰威士忌，比如金铃（Bell's）、白马（White Horse）和帝王（Dewar's）等品牌，绝不可能因为难喝而吓到你。这其中少不了调和大师的功劳，他们懂得该以怎样的比例加入麦芽威士忌和谷物威士忌的酒液，保持酒质均衡，维护品牌佳酿的独特风味。

更高一级的苏格兰威士忌虽然还是一种调和酒，但却是由数种麦芽威士忌兑和而成的。这些调和酒——也被称为“大木桶调和麦芽威士忌”——大概容纳了超过一半的单一麦芽威士忌的风味。调和麦芽威士忌一般是十年或十二年的陈酿（标签上的年份是所用的基酒中酒龄最小的酒的年份），按照法律，它们才有资格被称为“纯麦芽”威士忌。与一般的调和威士忌相比，它的味道更刺激，价格也更昂贵。调和麦芽威士忌为威士忌初学者提供了一个品尝麦芽风味的机会。继续探索的话，便进入行家的领域：单一麦芽威士忌。

到了这个阶段，你的味蕾有机会接受彻底的操练，因为苏格兰有超过一百家酿酒厂生产单一麦芽威士忌，其中绝不会有任何两种威士忌的味道是相似的。单一麦芽威士忌的酿造者对大众市场是瞧不上的，他们醉心于酿造个性十足的单一麦芽威士忌，有的还带点烟熏味和泥煤味，正如产自不同葡萄园的葡萄酒一般，风味各异。有的单一麦芽威士忌在旧的雪莉桶中进行陈酿，有的在旧波本桶中陈酿，还有一些选择旧的波特酒桶：每种酒桶都会为酒液注入不同的风味元素。没有严格的统一配方，没有标准的制法，也没有“最好的”单一麦芽威士忌。好喝与否完全视个人口味——酿酒师的口味和你的口味——而定。

单一麦芽威士忌有着众多品牌，比如拉加维林（Lagavulins）、洛赫纳加（Lochnagars）、格摩尔（Glen Mhors）、百富（Balvenies）和老菲特凯恩（Old Fettercairns），选择多达上百种，真是令人愉快，却也可能搞得你晕头转向，不知道该选择哪一种入手。再说，毕竟一个人能够品尝的酒量有限，因此能够一一进行品鉴的种类也是有限的。作为一名资深的威士忌研究者，我由衷地向你推荐三种口味大相径庭的单一麦芽威士忌。这三种酒常常萦绕于登门拜访的朋友们的心头，但我还是会尽量在家里藏几瓶。这三种威士忌都不难找，它们能让你对这些虽同属一类但风格变化多端的威士忌风味做到心中有数。

第一种是格兰菲迪（Glenfiddich）：味道清淡，有一丝泥煤味，陈酿至少八年。它被普遍认为是一种对新手很友好的麦芽威士忌，也是全世界卖得最好的单一麦芽威士忌。呷上一小口，你即刻便会懂得，一瓶单一麦芽威士忌为何能够卖到四十美元的价格。

可是在苏格兰，它的销量屈居于格兰杰威士忌之后（这种酒的英文为"Glenmorangie"，拼读时，重音放在字母O上，与拼读"orangy"的方法类似）。格兰杰在旧波本桶中陈酿十年后，才进行装瓶，它具有麦芽威士忌酿造者所称的中等醇度。据说其名字中的"morangie"有"极度宁静"的意思，不知是否与通宵饮酒的结果有关系呢？很难说。

我推荐的第三种单一麦芽威士忌是拉弗格，拼作"Lafroyg"。它产自苏格兰的艾雷岛，倘若发生船难，此处是我理想避难地的不二之选，因为这个岛聚集了全世界最多的威士忌酿酒师，二十五英里之内就有八家酿酒厂。拉弗格是一种"大威士忌"，陈酿十年或十五年后装瓶，有很重的泥煤味，除此之外还兼具另一种风味，对此不同语言风格的品酒师也有不同的描述，有的说它带有海滨风味，有的更加直截了当，说它有一股海藻味儿。千万别被这些评论唬住。酿酒师形容拉弗格是所有苏格兰威士忌中味道最浓郁的，这话丝毫也不夸张。

现在，你有了三种可以入门的酒，别忘了，除它们之外还有一百多种佳酿任君品尝。不过，倘若要充分领略酒的味道和色泽的精妙之处，品尝麦芽的甜和泥煤的涩，调整一下喝苏格兰威士忌的习惯还是很有必要的。

加冰是大忌。在苏格兰，有一种行为比打老婆更为人所不齿，那就是用一块块的白开水冰块来麻醉单一麦芽威士忌。像喝干邑白兰地一样，威士忌在常温下饮用就好。加水是可以的（实际上，有的苏格兰人喝“一半兑一半”的麦芽威士忌，也就是“加入大量的水”），但必须是加泉水这种没有掺入氯化物和氟化物等任何化合物的水。健康养生方面的权威专家强调我们的饮水中应该有这些成分才好，不理他们就是了。

喝单一麦芽威士忌并不复杂。它们和葡萄酒不同，用不着提前打开醒酒，也不用小心翼翼地轻轻倒出。它们不需要小气球似的玻璃杯，不需要搅棒、切片水果和橄榄，也不需要撒盐，不需要任何有仪式感的器具。用平常心对待它就好。关于杯子的大小和形状，以及何时喝哪一种麦芽威士忌，的确有一些可有可无的改进，比如，一个小小的切割水晶平底玻璃杯就能充分展现出威士忌的完美色泽，再比如清淡的酒在晚餐前喝，较浓郁的餐后喝，诸如此类。不过单一麦芽威士忌没有任何矫揉造作之处。它是一种纯净而诚恳的酒，任何修饰都是多余。

而且，据说这种酒对身体有好处。这当然不是什么正儿八经的理论，但如果你去苏格兰看医生，请他开些帮助消化、促进睡眠、延年益寿的药，他很有可能建议你每天喝上一小杯麦芽威士忌。开明的英国人持有同样的观点。这种酒还曾经成为英国上议院那些饱学之士讨论的主题呢。

事情是这样的。上议院议员布思比在论证应当降低苏格兰的税收时说：“当今世界，唯有苏格兰威士忌能为人类带来安全感和长久的舒适感。”他的政敌之一，上议院议员欣韦尔对此表示赞同（他曾经尝试将苏格兰威士忌纳入英国国民医疗服务制度中）。欣韦尔随后提出，应当允许上议院议员报销购买苏格兰威士忌的钱："因为各位尊贵的议员们都喝这种酒，而且由于它相当于一种药，有许多议员已经离不开它了。"

上议院议员欣韦尔时年九十九岁高龄。

写作的痴心

在这个世界上，发起牢骚来最理直气壮、花样百出的人，排第一的是失败的政客，排第二的便是作家。作家的眼中处处是困难和不公：经纪人不（够）爱他，空白的纸张与他为敌，出版商是个吝啬鬼，评论家是品味低级的庸俗之人，公众不理解他，妻子不理解他，酒保也不理解他。

职业作家们常发牢骚，以上不过是冰山一角而已。可我至今尚未听到他们提出最能切中要害的抱怨：为了将文字诉诸笔端，需要终生付出可怕的代价。

这话可能叫许多人大吃一惊，他们以为只要把纸、铅笔和一瓶威士忌放到作家面前，便齐活了。至多再来一件粗花呢休闲外套，作为作家接受采访时的行头。可实际上还差得远呢。

产生这一问题的根源就在于写作会占用时间，作家们本可以利用这些时间去做能赚取时薪的工作。华尔街一个最不起眼的打工者，一个月挣的钱可能比百分之九十的作家的年收入还要多。街头乞丐见到一位作家磕磕绊绊地走来，准会把破衣烂衫掏个底朝天，好找出个一毫半子来施舍给他。见到前来求助的作家，银行信贷员会钻到桌子下面去，省得再次对那个瞪大双眼、满脸绝望的人说“不”，此人需要别人救济他度过这段困难时期，才能写完那部伟大的小说。信贷员很清楚把钱贷给作家得冒多大的风险。“作家”和“钱”这两个词，如同“军事”与“智慧”一样，凑在一起是无论如何也不能叫人信服的。

当然，偶尔也会有意外发生。一笔资金原本要投进一个成熟的大项目，却不料在中途被转移，落入作家的口袋之中。可这也不过是稍作停留而已，至于原因嘛，作家们都会说，可不是被他胡乱挥霍掉了，而是为满足职业上的需求花掉了。

作家的头号需求就是清净。清净在如今已经相当稀罕了。都市生活让人无法静下心来。过去，作家们在城市里拥有的栖身之地常常是阁楼，如今阁楼也待不下去了：房东永远在捶门，讨要每月两千美元的房租，在他频频到访的短暂空隙里，蟑螂在光秃秃的木地板上制造可怕的噪音，水龙头的滴水声简直能刺穿大脑，屋外的八级大风呼啸着吹透了糊在破窗上的棕色纸张，吹得人后牙槽直打战。作家们走投无路，只能迁往农村。

美国著名作家梭罗就是这么做的。

可是，远离尘嚣，只有一间铺着焦油纸的破旧棚屋，那也不行。老实说，这种静谧叫人无法消受。一个人如此安静地待上一天，准得疯掉，然后念念有词地冲着树林走去，想要找一棵树跟自己聊天。完成一天的工作后能有个去处，找到一位善解人意的聆听者，将满腹的牢骚尽情倾诉，这才是作家需要的清静。至于谁来充当聆听者，还有比另一位作家更适合的人选吗？还能有谁比他更能感同身受吗？他深知写作的难处。他能懂你。

因此作家们总是抱团聚居。他们这一聚，便免不了把代理商、编辑、出版商和时髦饭店的主人也引了过去，当然，也少不了那些野心勃勃的房地产经纪人。之后，作家便与平和淳朴的乡村生活渐行渐远。当乡村酒吧里开始冒出蕨类植物，售卖各种稀奇古怪的饮品时，这地方便没救了。没办法，继续搬家吧。

可是，我们不能让这些生活琐事打搅作家的创作。老天爷，说起打搅来，那可真不少。

我们拿写作前的调研为例。行外人或许认为，作家的所谓调研不过是在图书馆泡上几个小时，或者打上十几通电话就能完成。也许过去的确是这样，可如今人们期待——更有甚者，他们要求——作家作品中的一切细节都绝对真实可信。仅靠发挥想象力添加些许地方特色，是远远不够的。读者必须知道，作家亲自到过那儿，做过那件事，否则他们是不肯罢休的。亲身体验是关键，企图用偷工减料的东西糊弄年轻的编辑，简直是妄想，他们可机警着哪。你想写一个发生在玻利维亚国境线上的生死爱情故事？很好！去吧。去之前别忘记接种霍乱疫苗，还有，要买好医疗保险哦。六个月后见！

人们常在世上条件最恶劣、处境最危险的地方，看到孜孜不倦地做着实地调研的作家们。（因为某些原因，大概是嫌花费太贵吧，尚未有哪位作家在丽兹酒店或棕榈泉市做过调研。）在黎巴嫩的首都贝鲁特，在尼加拉瓜，在香港潮热的街头和烤炉般炎热的澳大利亚内陆，你都会看到他们在努力感受当地的氛围，埋首于笔记本中奋笔疾书。不过，你若从他的肩头看过去，以为能见到辞采华章或生动的观察，一定会大失所望。这个可怜人更可能是在做算术题，看剩下的预付款能否勉强买得起一盘青豆，外加一杯啤酒。

过上几个月这样的生活，然后再跑到医院花上一大笔钱，迅速做个体检，确定没患上外来病。从理论上来说，这时便万事俱备，只欠东风了。铅笔已经削得溜尖，一大沓空白稿纸静候他落笔。一部史诗级的长篇巨著，普利策奖最看重的那种，正在他的脑子里酝酿成形。

问题的关键是，他真的能把脑子里的故事诉诸笔端吗？他不停地踱着步子。他瞪着窗外（作家总是分外关心天气），凝神观察一只苍蝇在墙上腾挪的轨迹。最后，他给问题定了性：文思不畅。（或者如同美国作家阿诺德·格拉斯哥所言，他患上了一种作家专有的痉挛——一种发作于某些作家两耳之间的疼痛。）词句堵在了脑子里，需要催化剂，一种能够引流的外物。可以肯定的是，无论这催化剂是什么，作家是不打算在自己的工作室中找到它了。

疏通文思的方法丰富多样，但最终往往会欠下累累的债款，或者惹上一身麻烦。作家们向来贪杯又好色，但大部分作家富有才情且别具匠心，绝不肯就地物色美女，喝本地的酒。他们还想换个环境，最好跑到纽约或巴黎住上几天，争分夺秒，肆意放浪，直到刷爆信用卡，熬干最后一点精力。那劲头，颇似海明威描述的“尽责写作之后无须负责的放肆”这一阶段。只不过，此时写作尚未完成。不过总会完成的。一定会的。

调研已完成，阻塞文思的障碍也已消除（希望如此），为了助作家一臂之力，不妨引入现代科技，好叫源源不断的文字流动得更快些。作家们扔掉了原始的铅笔，用最新的台式电脑取而代之，让各式电脑软件一展身手。为此他们甚至可能再次跑到银行去伏击借贷员。毕竟只需投入区区几千美元，生产效率就能获得极大的提升。

终于！文字开始流淌了，灵感来得正是时候。交稿截止日期仿佛幻化成一个幽灵，每天不离作家左右，催逼着他。编辑们从前在电话里是那样亲切，如今却明显透出一种“要么写，要么死”的绝情意味。薄薄一层掩饰之下，是呼之欲出的威胁：不按时将稿件发出，就收回预付款！（其实早被作家挥霍一空了。）

紧接着的一连串事件和感受，作家们再熟悉不过了。起初是惶惶然，因为他意识到，能用的时间和借口已经耗尽。紧跟着是兴奋，随着稿纸越堆越高，前景似乎一片光明——至少也得是本畅销书吧，说不定还能改编成电影呢。然后是稿件发出时的如释重负。再然后是失落，稿件发出后便杳无音信，而且在接下来的至少半年内，都不会产生什么反响。失落过后，是一轮又一轮的怀疑和自我安慰。

完稿与见到成书之间的这个时段很是凄凉。没有人给你打电话。样书尚未完成，对书评头论足也为时尚早，要做改变却已经太晚了。那本书如石沉大海，“产后抑郁”随时可能袭来，看来只能启动奖赏机制，才能帮作家度过这如临深渊的几个月了。

奖赏的种类有很多，比如再次一头扎进欢乐场，比如出门旅游（这一次不用带笔记本），比如培养一个新的爱好，或是来一场旧情复燃，与旧情人度二次蜜月等等。不论这奖赏是什么，可以肯定的是，他必须再次拜访银行借贷员。真正能够抚慰人心的事从来不会便宜。但至少此时你有了盼头，你很有可能在不久的将来成为一颗冉冉升起的文坛之星。

成功的确时有发生，但存在着一个概率，大到刚好能鼓励写作爱好者们在这条路上满怀希望地前仆后继。我们会看到畅销书作家把玩着六英寸长的哈瓦那雪茄，等着布林克斯公司的运钞车载着钞票开上他家的车道，那是他赚取的版税。但这种可能性太小了。大部分作家都不会如此幸运。他们毫无所获，只能从头来过。有的人干脆找份工作，付清账单，过上有条不紊、按部就班的生活，成为一位负责任的社会公民。

不清楚别的作家对此做何感想，我宁愿朝不保夕地待在自己的办公室里，也不肯安稳地寄居在别人那儿。我早已丧失在会议室乖乖听讲的能力，系领带脖子还会起疹子。公司里的种种例行事务令我喘不过气，而且我对公文包以及公文包象征的一切都感到深深的恐惧。无论需要付出多大的代价，单干的诱惑还是难以抵抗。这是习惯成自然，还是自我折磨？我说不好。但是我很清楚，作家的生活正是我追求的。给我寄支票时，要记得用挂号信哦。

小费猛于虎

我们常号称自己生活在“文明都市”里。可是，在这样的社会里，几乎每一天，我们都会路遇劫匪。只是小抢劫，无须声张，没有人身攻击，而且绝对合法。可是不管怎么说，抢劫就是抢劫。一只空着的、咄咄逼人的手猛地伸过来，我们还不得不往里面塞钱。

我们曾有过许多令人愉悦的古老传统，它们被社会的进步与财富的累积扭曲得面目模糊，其中被扭曲得最为凶残的就是给小费这回事。从前，小费只是对特别努力的人或因为额外受到的关照而偶尔给予的嘉奖，如今却变成在别人絮絮的催促下，硬着头皮也得进行到底的义务，讨要小费则成了一种绵里藏针的敲竹杠行为。无论是小饭馆还是四星级餐厅，都在孜孜不倦地练习索要小费的技艺，虽然贪心程度略有不同，但花样总是层出不穷。

“小费”在英语中是“tip”，这个词的起源很有趣，也很能说明问题。按照《牛津英语词典》的说法，“tip”大概在十七世纪便具有了如今的含义，而且词典中相当精准地将其描述为一种“无赖的行话”。可是莫名其妙的——也许是因为又过去了一两百年的时间——这个词变得体面了，给小费成了应尽的义务。

今天，讨要小费的贪婪之辈随处可见。比如在法国，一个男人因内急而冲进公共卫生间，可能会迎头撞见一个人高马大、如男人般孔武有力的妇人，她正虎视眈眈地盯着他。她的面前放着一个托盘，里面的几枚硬币正别有深意地闪着微光。如果男人不肯往里面添上几枚硬币，那就等着吧，他可能受到喃喃的诅咒，也可能被一个湿淋淋的拖把扫地出门。在法国，就连“尿尿”也是要给小费的。

我们明明已经为得到的食物、酒水和服务付过钱了，为何大部分人还是心甘情愿地额外掏一笔钱呢？这叫我百思不得其解。服务人员常常脸色阴沉，又心不在焉，是什么使得我们对他们展现出无止境的慷慨？若说是为了奖励超乎期待或令人惊喜的服务，完全说不过去。那么，是否有可能，我们想要讨“小费黑手党”的欢心？或者我们乐意为他们展现的微笑付出不菲的金钱，尽管那不过是嘴角为时两秒的抽搐而已？或者我们确实乐善好施，甘愿帮助那些不太走运的人，所以将人类的恻隐之心化为一沓钞票，偷偷塞到他们手中？

不，统统不是。恻隐之心与小费没有一点关系。我们给小费，是出于这样那样的原因所迫，不得不给——如果不给，恐怕会感到难堪或者闹出更加难以收场的乱子。我们担心自己会因为不给小费而付出更大的代价。这其中包含着各种不同类型的压力和不言自明的威胁，且听我一一道来。

为获得保障而给小费

看管停车场的男人对你的新车投去意味深长的目光。“新车不错，”他说，“别担心。我们会好好照看它的。”

言下之意：你还想看到完好无损的轮毂盖吗？还是说你愿意见到车身被刮花，挡泥板被敲瘪，磁带播放器不翼而飞？

当然，他会好好照看你的车。前提是你事先打好招呼，告诉他回来取车的时候你也会对他额外关照。不过，若是与每年圣诞节发生在你那舒适温馨的公寓楼里的大型敲诈案相比，这人道行还是不够深。每到圣诞节，门房、住在锅炉房的大楼管理员、垃圾清运员和维修人员便会笑容满面，怀着美好的祝愿，怀着对一个鼓囊囊的信封的期待，一致开展起行动来。你若清楚怎样做对自己有利，就给他们小费。否则，来年你家准会迎来一连串的厄运，可得做好心理准备哦。

为舒适而给小费

你好不容易说服心上人与自己共进晚餐，这时候千万别掉以轻心，以为在一家高档餐厅订个位置就万事大吉。贵的餐厅也会有便宜的座位——在后厨的门口，食客一边用餐，一边聆听杯盘摔碎的铿锵声和厨师的咒骂声。你也别指望服务生随叫随到。有一个不成文的事实已然成型：离后厨最近的餐桌往往最后得到服务。倘若不想坐在这样的位置上，当领班向你们问好时，就该把小费准备好。后文将对这一点进行详细的解释。

晚餐后若是打算去酒吧喝两杯，这条原则同样适用。进门就得塞小费，几乎是见人就给。你总不会想要整晚都坐在一个六英尺高、随着震耳欲聋的噪音而振动的音箱旁边吧？

为避免当众受到奚落而给小费

论及这种情境，当仁不让的胜出者自然是曼哈顿的出租车司机。他会以可怕的速度一路疾驰，极其不情愿地把你送达目的地。你一路极力忍受着不快，下车时已被吓得七魂丢了六魄。可是，每个出租车司机都盼着收小费，把它当成一种神圣不可侵犯的权利。如果收到的数目少于他的预期，你可得当心了。你转身离开时，可能会听到一串连珠炮似的咒骂："嘿！你！去他妈的一角钱！你比我更需要这个子儿！"

与这些人打交道是叫人窝火，但这种事毕竟很快就会翻篇。你若胆敢对迈阿密那些要小费的人视而不见，蒙受的羞辱将挥之不去，情况要糟糕得多。

我能肯定，世上还有许多地方也存在这一陋习，但手段各有高低。不过，在距离迈阿密的巴尔港仅仅几分钟车程处，有好几家做派浮夸的餐馆，我从没见过比它们更擅长讨要小费的餐馆。在这些餐馆里，敲诈勒索比打沙狐球还要流行多了。其步骤大致如下：你刚走进餐馆，便看见一个男人迎面走来，他穿着莫名其妙的晚礼服，牙齿和胸口的衬衫全都闪着微光。你与他素昧平生，可他坚持要与你握手。这是第一次试探，试探你是不是懂行，测试你反应够不够快。如果你们的握手伴随着纸币的"沙沙"声，那么你就顺利过关了。（五美元刚够你过关；出十美元，评级为B+；二十美元才能得A。）

如果这位穿着无尾晚礼服的敲诈犯发现你伸过来的除了手指别无其他，他会盯着自己空空的掌心愣一会儿。这是你的第二次机会：晚餐是否能够正常进行，此刻最为关键。立即往他的手中塞些好处，万事大吉，而那些对它视而不见的人是绝没有好果子吃的。

侍者将把你带到一张局促的饭桌旁，恰恰位于两扇不断开开关关的门之间，门后就是厨房。他往桌上扔下一张菜单和一份酒水单后扬长而去，此后你的桌子便再也没有人前来关照。不断有侍者从你的桌边穿梭来往，在你身边挤挤碰碰，却没有人会停下脚步。你试着迎向那敲诈犯的目光，却发现他朝着你的脑袋上方六英寸的地方深情凝视，那儿除了一块迷人的白墙，什么也没有。

我有一个朋友，在遭受这般待遇时奋起反击，以其人之道还治其人之身，堪称英雄壮举。他从座位上站起来，拦住一位侍者，待对方留意到自己后，他问："这地方你最清楚不过，我们在这儿干等半天了，该上哪儿去找吃的呢？"

一般人不会喜欢这种对峙的感觉。晚餐将一直拖泥带水地进行下去，不时过来一个漫不经心的侍者，勉为其难地为你们服务一下，直到最后你向他索要账单。这是给敲诈犯——那个整晚都对你视若无睹的家伙发出的信号，于是他再次出现在你面前，仍是老样子，露齿微笑，风度翩翩，问你是否享受这顿晚餐。

一般人只会嘀咕几句便尽快逃离这是非之地，可我那位英勇的朋友不是这样做的。他当那领班不存在似的直视前方，然后站起身来，走出了餐馆。领班带着百科全书销售员那种厚脸皮的韧劲儿，跟着他走出去，来到停车场。

“你是否忘记了什么事？”

我的朋友转过身，从口袋里拿出一张十美元的纸币，递到领班鼻子底下。

“给你的。”我的朋友说。

领班笑了起来。敲诈果然管用。

然后，我的朋友拿出打火机，将那张十美元的钞票点燃，晃了晃，把烧焦的残片扔在地上。

“祝你今夜愉快。”他说。

至于领班的回答，我的朋友没去管他。

这一招固然大快人心，但是很明显，仅限于遇到这一生再也不愿见到的人和再也不去的场所时，才能使用。对于那些常常光顾的地方，你应该清楚这样一个事实：你在那儿的受欢迎程度和舒适度，完全有赖于你给谁小费，什么时候给，以及给了多少。接下来，我们把应该给小费的场合主要分成三种类型来分析。当然，那种可遇而不可求的、真正值得嘉奖的际遇——比如税务员对你从不起疑，修车师傅按时帮你修好了汽车，布鲁明戴尔商场的售货员对你彬彬有礼，诸如此类，不在以下讨论之列。

酒吧

不必浪费时间去计算自己该留下多少钱，酒保自会帮你从找零的钱中拿出合适的部分，请自己喝一杯苦艾酒。你喝个痛快后，只管拿起剩下的钱离开就好。在较为高雅的酒吧，直接按账单的百分之十给小费。店方已经偷偷收了你一大笔买冰块的钱，再多给小费实在没有必要。

酒店

我已经发现，提前给小费能够得到更加优质的服务，且能避免退房时在大厅遭到围追堵截的尴尬场面。不妨一进店就慷慨解囊，此时的回报反而是最丰厚的。

千万别把门童给漏掉：在一个晴天给出去的几美元能在大雨如注的日子里换来一辆出租车。可惜的是，对于客房服务来说，提前给小费行不通。究竟怎样才能将等待俱乐部三明治和啤酒的时间缩短到四十五分钟以内呢？我苦思良策已久，但至今依旧无解。

餐馆

在一部分餐馆里，流行着一个狡猾的小花招，只有人人加以抵制，才能将它废除。在大多数情况下，我们的账单里已经悄悄地加了百分之十二点五至百分之十五的服务费。因此，只要稍不小心，你就会在给过小费之后，再给一次小费。别上当。问问侍者，账单里是否加了服务费。如果没有，给侍者小费。至于金额，没必要一出手就给消费额的百分之十五——在我看来，消费总额达到三位数的时候，百分之十的比例就够了。

要记得给侍酒师小费，下次光顾时，他会带领你找出酒水单中不为人知的宝藏。就不必给沙拉侍者小费了，这项服务是加利福尼亚州一项糟糕透顶的发明，正经的餐馆是不会容许这种现象出现的。对看管衣帽间的女孩不妨大方些，搞不好她会将别人的骆马绒长大衣披到你的身上呢。万事皆有可能，对吧？

私人飞机之旅

我们的朋友大亨菲利克斯每年都要来普罗旺斯一两次，以便暂时摆脱公司的杂事，享受阳光和法式珍馐。我不清楚他具体做哪一行，似乎跟高级融资、奇怪的并购沾点边，偶尔也涉猎房地产。但他每次来到我家，总要先神情凝重地打几个电话，公文包也总是鼓鼓的，装满可可期货的最新资讯或各类公司的资料。不过无论他正经手什么买卖，每天总有两次要将生意搁置一旁，享受餐桌上的乐趣。菲利克斯是个美食家。

他上一次来拜访我们的时候恰逢春天。吃晚餐时，我们开始讨论他最喜欢的话题：下一顿，也就是明天的午餐吃什么。菲利克斯说想吃鱼，比如那种撒满大蒜的普罗旺斯鱼汤，这道菜只有由法国厨师用新鲜的地中海鱼才能做出正宗的味道。他说，当然喽，唯一可能吃到这地道美味的地方，是在一家可以眺望大海的餐馆。

我们在普罗旺斯安家的这个位置，从来不缺能够同时享用美味与美景的地方，可以眺望群山、河流、喷泉、村庄广场、葡萄园和山谷的餐厅比比皆是，世上几乎任何风光都能在此地找到，唯有海景除外。最近一家普罗旺斯鱼汤的殿堂级餐厅位于马赛，离此地六十英里，而且停车极为不便，想起来都如同一场噩梦。哪怕是奔着一顿饕餮大餐而去，这段路途也太过漫长了些。我们请菲利克斯三思。

他正埋首于各式奶酪中精挑细选，听到我们的话，抬起头来，露出了笑容。他说，距离不是问题，停车也不是问题。他把他的飞机开来了，就停在阿维尼翁机场，二十五分钟就能到。飞机可以带我们到任何想去的地方。世界是我们的牡蛎[①]，我们的“龙虾”，甚至是我们的“普罗旺斯鱼汤”。

第二天上午九点半，我们来到阿维尼翁机场。它小巧而简易，在飞行充满乐趣的往昔岁月里，机场大概就是这个样子吧。无须排队办理登机手续，也没有发号施令的地面工作人员把我们带到候机厅，不用等待，不必忙乱。机长和他的副驾驶与我们会合，然后大家一同信步离开大厅，朝飞机走去。

这是一架公务型飞机，外壳是米黄色，机舱内是安静的灰白。

---

① 意为“心想事成”，出自莎士比亚的戏剧《温莎的风流娘儿们》。

有七个皮质座椅，还有私人音响，后方是个不大的厨房，提供咖啡等饮品。它很像协和式飞机，但不会动辄播报让人不胜其扰的飞行实况，而且有宽敞的空间供双足伸展。菲利克斯告诉我们，这架飞机加满油之后能够飞行四到五个小时，这意味着我们能够到达欧洲的任何地方。碰巧他在尼斯有些生意要谈，所以这个地中海城市就成了我们降落的第一站。

飞机朝南飞，飞临海岸线后开始朝左转。飞机飞得很低，好让我们全程将里维埃拉的海滨风光尽收眼底。我们从在朝阳中熠熠生辉的小镇和海湾上空掠过之时，菲利克斯正忙着查看他的餐馆备忘录。让我们来瞧瞧吧。这是圣特罗佩的勒查比措酒店（Le Chabichou），那是戛纳克鲁瓦塞特大道上的金棕榈餐厅（Le Palme d'Or），还有胡安莱潘的贝勒里弗斯酒店（Belles Rives），昂蒂布的拉伯恩旅舍（La Bonne Auberge）。菲利克斯闭上眼睛开始想象下方的那些大厨们正在烹饪的美味佳肴，满足地小声哼哼起来。这地方选对了！这地方真棒！

喷气式飞机经过一段滑行，在尼斯的机场缓缓停下。我们有机会从飞行员的角度，亲眼见识降落的全过程。引擎尚未完全停转时，就有一辆汽车驶过停机坪，准备把我们送到航站楼。关于在哪里用餐也有了定论，我们打算去昂蒂布海角（Cap d'Antibes）。用餐后再返回尼斯机场可能遇上交通堵塞，所以我们决定在芒德留登机，那个小机场就在戛纳城外。

一个穿一身名品西装、戴一副漆黑墨镜的年轻人在航站楼迎接我们。在他的殷切安排下，我们上了一辆加长梅赛德斯－奔驰。菲利克斯要赶去收购一家银行或是购买一艘游艇，抑或是两件事都要办，反正，他没对我们透露多少细节。对他来说，最重要的事情是我们在午餐之前给他采购些厨房用品和食材。于是，我们带上一张购物清单，乘着梅赛德斯，往老鲜花市场赶去。

通往老鲜花市场的那条街名为圣弗朗索瓦－德保罗街，因为开着两家令人愉悦的金字招牌老店而著称。这两家店卖的货品简直能把雕像也馋得口水直流。第一家叫奥尔糕点糖果店（Patisserie et Confiserie Auer），卖巧克力、糕点和果酱；第二家店店面很小，叫阿尔齐亚里（Alziari），专售橄榄油。

我们来到那家叫奥尔的店。看到菲利克斯草草写下的果酱购买数量，前来为我们服务的女孩大吃一惊。她一边将各式各样的果酱打包好，一边称赞他是“真正的果酱鉴赏家”。这些果酱有小柑橘制成的，也有山桑子、杏、小苦橙、李子和甜瓜制成的。我们能将这些硕大的纸箱运走吗？还真可以。正如菲利克斯所说，当你有一架飞机可以使唤的时候，购物就可以随心所欲了。

我们穿过马路，走进对街那家名叫阿尔齐亚里的店。这家店很小，加之摆放着许多直抵天花板的不锈钢大桶，因而显得愈加逼仄。桶里装满了头道压榨橄榄油，按照高卢人典型的夸张说法，它们被称为“特级初榨橄榄油”。店员建议我们先品尝一茶匙，再确定是否要买。恭敬不如从命。结论是，这里的橄榄油的确名不虚传，入口便是一股醇香。我们决定买它个几十升。橄榄油从大桶中流出来，被封装在一个个五升容量的罐子里。这个过程需要一些时间，我们便趁着这个时候，按照清单把剩下的东西买齐：三公斤浑圆的黑橄榄，一打瓶装树莓醋，几罐味道清淡、略甜、浸在油中的鳀鱼罐头，数瓶在当地被称作 tapenade 的橄榄酱，几包藏红花，几桶薰衣草口味的蜂蜜。购物结束时，又多了满满两大纸箱的战利品，梅赛德斯的后备厢越来越像一个储备丰富的美食店了。

菲利克斯与我们在老鲜花市场旁的一家酒吧里碰头，一同喝了杯茴香酒。他有些心不在焉，我问他是否在生意上遇到了小麻烦。当然不是，他说，只是在来这家酒吧的路上，他见到一些格外大个儿且新鲜的海鳌虾，此刻正为午餐吃什么而犹豫呢。在去昂蒂布海角的路上，他一直在揣摩自己的胃口。

巴孔餐厅（Bacon）被许多“吃货圣经”誉为海鲜餐厅中的“劳斯莱斯”，它伫立在狭窄的滨海路上，看上去如精心烹制的舒芙蕾一般诱人。餐厅里洒满阳光，放眼望去尽是碧海蓝天。我们一面朝餐厅里面走，菲利克斯一面期待地搓着手。一股烤鱼、香草和大蒜混杂而成的香气扑面而来，他抽了抽鼻子。“所有好吃的鱼餐厅都是这个味儿。”他说。

餐厅里有一对中年夫妇，女士佩戴着珠宝，男士留着浓密的胡须，两个人都穿着围裙，低着头，专心致志地盯着一个热气腾腾的砂锅。侍者正将砂锅里的食物挪到深碟里。他们用新鲜的蒜瓣在小圆面包上抹一抹，又在面包上涂上厚厚一层铁锈色的酱汁，正是这层酱汁为鱼汤增添了一分香辣风味，起到了画龙点睛的作用。

主菜点好了。为了配合此时此刻的氛围，我们开始大啖海鲈鱼，这鱼肉上裹着一层面糊，还蘸上了松露酱。白葡萄酒来自几公里之外的卡西斯。菜单上的食材从产地运到这儿，要比远道而来的我们近得多。

我们的砂锅来了，一同上桌的还有配料和围裙。侍者仅仅用一把勺子和一把餐叉，便将鱼骨剔了个一干二净，手法之灵巧娴熟，叫人叹为观止。他要是去当一名外科医生，一定前途无量。他低声道了句“用餐愉快”，便转身离开了。我搞不明白为什么美味的食物吃起来总是显得那么狼藉。与大蒜、蛋黄酱和浓汤打了二十分钟的交道后，我感觉自己真该去洗个澡了。

午餐吃了整整两个小时还没结束，甚至将近三个小时还意犹未尽。这在法国不足为奇。可我积习难改，总担心继续吃下去会无法准时赶到机场。菲利克斯又点了一份咖啡，然后往椅背上一靠。“你只要记住一点就好，”他说，“如果我们没到，那架飞机哪儿也不会去。日程安排由我们说了算。来点儿苹果白兰地，别再像观光客一样犯愁了。”两件事我都照做了。感觉很不错。

终于，我们来到了芒德留机场，把美食店的存货全部转移到飞机的尾舱里。飞行员们毫无怨言，他们一直在晒太阳呢。飞机起飞时，我想，用如此气定神闲、如此方便快捷的方式畅游欧洲，大概很容易就会上瘾吧。不用赶时间，也不会因为被人群推搡而窝火，就是这些烦心事让本该舒心的飞行体验落得与搭乘高峰时期的地铁一般别无二致。

我问菲利克斯，乘私人飞机出行是否远远超出普通人财力能够负担的水平？

他说，那要视情况而定。比如，若是搭这架飞机从阿维尼翁飞到巴黎，花费的确不菲——光是燃料和降落费大概就需要四万八千法郎，折合美金为九千元。他继续说，不过值得一提的是，这架飞机在巴黎降落的地点，离协和式飞机的起飞地点只有几百码远，所以如果你赶着去纽约，那会是最快的方法。

但换个方式来看，事情又不一样。假设你的公司在欧洲各地都设有办事处，你们四个人必须尽快将这些办事处全部探访一遍。如果有一架私人飞机，便能轻松地将阿姆斯特丹、巴黎、苏黎世、米兰和伦敦安排进一周的行程当中。方案可以随时调整，会议时间也可以延长，一切随你的心意，反正永远不会赶不上飞机。要将忙碌的总裁们送往世界各地，这方法不仅最方便，而且能够极为合理地安排时间。如此一来，平均到一个人的花费，满打满算也不过相当于购买商务头等舱机票的两倍。

听上去简直是在省钱嘛，我说。

没错，菲利克斯说，如果你需要在欧洲到处跑，谈生意，这个方法绝对完美，而且舒坦。

他的话当然是没错，可我仍然认为，飞来飞去只为吃个午餐，不是什么好点子。

货真价实的巴拿马草帽

如今，戴帽的男士几乎成了稀有物种，我觉得甚是遗憾。帽子时尚又雅致，常常能体现戴帽者本人的个性。你会把自己视作崭露头角的金融家、花花公子、神秘的黑帮分子，还是一名天生的西部牛仔——这一切，甚至更多信息，你头顶的帽子都能有所透露。实际上，帽子常常演变成个人的标志，就如男人的鼻子一样成了他们外形的一部分。想一想英国前首相温斯顿·丘吉尔、著名演员汉弗莱·博加特、万宝路香烟的经典牛仔形象、早年的歌星法兰克·辛纳屈以及电影《鳄鱼邓迪》的男主角邓迪，每当你的脑海中浮现他们的模样，有几次是不戴帽子的？

抛去美学功能不谈，帽子也是很实用的。它能帮我们的脑袋保暖、纳凉、遮风挡雨。可是今天，我们还能在男人的头顶上看见什么？那儿要么光秃秃，要么是一顶大小可调、千篇一律、由塑料和尼龙布组成的棒球帽，上面还印着啤酒广告。

我也和大多数人一样，不怎么戴帽子，因此心中很是惭愧。但我真心喜欢帽子这种饰物，而且我家中有满满一架子的帽子：一顶澳大利亚阔边帽，几顶软呢帽，一顶节日里戴的圆顶小帽，还有五六顶为夏日来客们准备的、新旧程度不一的巴拿马草帽。虽然经历了岁月的洗濯，褪成了一种黄油般的颜色，但它们依旧优雅，在冬日里看一看它们，火热夏日和冰爽饮料带来的快乐回忆便涌上心头。

我从未认真思考过不同的巴拿马草帽之间有何区别。有的草帽帽檐更宽，有的帽顶更高，有的在中间有一道凹痕，或前面有几道凹痕，不外如此。不论怎样，它们都是很漂亮、很轻盈的帽子，品质相差无几。我一直是这样认为的。

我本可能将自己的无知带进坟墓，直到一位朋友——他知道我对一切奢侈到让人咂舌的物件感兴趣——告诉我有一种帽子价值一千美元，而且只是一顶草帽，而不是什么耐用、防水、结实到能用一辈子的那种帽子。谁会傻到花上四位数去买一顶不到三盎司、戴在头上几乎没有感觉的帽子呢？

说来也巧，听说存在这种轻飘飘的贵得吓人的帽子之后，我正好要去一趟伦敦。在好奇心的驱使下，我决意要一睹其真容。

于是我与安东尼·马兰戈斯先生约好去他经营的制帽公司参观，这家公司名为赫伯特·约翰逊，历史悠久，自一九七〇年成立至今，专门制作和售卖高档帽子。

马兰戈斯先生一面向我一一介绍丝质高顶大礼帽、防弹粗花呢射击帽、墨黑圆顶礼帽和带流苏的天鹅绒吸烟帽，一面不经意地提起赫伯特·约翰逊公司一些鼎鼎有名的主顾。这份主顾名单上第一位便是英国皇室的重要人物——查尔斯王子，紧跟着的是英国最了不起的军团中众多的军官和绅士们。这成绩很耀眼，不过对于一家有着两百年历史的老店而言，并不算意外。后来我才知道，在店铺后面有一间小型工作室，专为好莱坞和百老汇的一些经典角色定制帽子。《夺宝奇兵》里的印第安纳·琼斯博士，《糊涂大侦探》里的克鲁索探长，《窈窕淑女》里的亨利·希金斯教授，还有《啼笑泪痕》里的小丑，所有这些角色，以及许多其他影视作品中的人物，其造型最后的神来一笔，都是由赫伯特·约翰逊公司完成的。

我们走向店铺中那个阳光从不曾照进的角落，或者说在这个角落里，阳光从不曾洒在无遮无拦的脑袋上。这儿摆放着孟买圆顶礼帽、在热带用的遮阳帽和我此次专程来看的帽子：极致、正宗、可折叠且价格不菲的巴拿马草帽。

我学到的第一件事是，巴拿马草帽并非产自巴拿马。它们是由厄瓜多尔山区的居民，用托奎拉草手工编织而成，据说编织的时间常常选择在夜晚，因为那时天气更凉爽。它之所以有这样一个容易让人误会的名字，是因为巴拿马运河的工人们喜欢戴这种帽子。工人们只需一顶基本成型的帽子便可以凑合，并不在意编织工艺是否精细，但实际上，巴拿马草帽总共有二十多种品级。

“把它拿起来，对着光，”马兰戈斯先生说，“看到那些圆环了吗？它们彼此靠得越近，就表示织得越密。”这样的帽子价格自然也更高。虽然我正在看的这顶帽子售价不过一百五十美元。这顶帽子手感很好——轻薄、柔软、舒服——我不禁感到好奇，超级大富翁版本的帽子该好成什么样呢？

课程仍在继续。最好的巴拿马草帽全部来自蒙特克里斯蒂小镇，这个小镇的骄傲就是“顶级”巴拿马草帽（当地称其为fino）。编织一顶帽子耗时可长达三个月，使用得当的话，能够用上二十年。可是，尽管我提前了解了这些数据，第一次亲手拿到一顶基督山顶级巴拿马草帽时的震撼却丝毫也不曾减轻。

它轻飘飘地落在我面前的桌上——雅致、浅淡的米色帽身，深灰色的饰带，一条明显的中脊线从帽顶前方向后延伸。它的触感十分特别，不像是草秆，更像厚绸缎，而且编织得精致细密，让人很难相信这帽子是由一束分散的草纤维织成的。

它与赫伯特·约翰逊公司出售的所有巴拿马草帽一样，来到伦敦时，仅是一个平平无奇的锥形物，未经调整，未经修饰。然后，它在工作室里被定型，帽子有了中脊线，内侧贴上一条切尔滕纳姆式内衬带（若是普通制造商做的帽子，就只能称其为“吸汗带”了），还有帽身上的饰带。他告诉我，饰带可以根据主人的喜好做出改变，比如更换颜色，甚至可以带波点花纹，也可以将一条喜欢的领带稍加剪裁，升级为巴拿马草帽的饰带。

我将帽子举起，冲着亮光观察帽子的内部。圆环多得数也数不清，在帽身的顶部，隐约可见两组字母的缩写，那是制作这件杰作的工匠的名字。这是何等的杰作啊！我第一次因为这帽子的诱惑，在心中泛起了一阵激动的涟漪。这时候，马兰戈斯先生向我透露了一个惊人的商业秘密：不是每一顶看起来像巴拿马草帽且作为巴拿马草帽出售的帽子都是真货。精巧的赝品比比皆是，往往来自东方，有时不过是用染上草秆颜色的塑料或类似的材料编织而成。他从鼻孔里哼了一声，然后说：“把那帽子卷起来，轻轻一折，它就完了。”

没错，折起来。我差一点忘了真正顶级的巴拿马草帽最让人叹为观止的特点之一，就是惊人的柔韧性。你甚至可以将它对半折叠，卷成细细的锥形，然后从一枚结婚戒指的指环中穿过去。也许你不喜欢过于频繁地在聚会上表演这个把戏，但它确实意味着你能将自己的巴拿马草帽随便装进一个圆筒里带去旅行，而且将帽子再次展开时，上面不会留下一丝折痕。

我请他展示给我看。我看着那顶帽子——此时我已完全将它视作我的帽子了——在五秒之内变成了一个圆锥。马兰戈斯先生放慢速度重新做了一遍，这次我终于看清了他的手法。将帽子水平放置，沿着它的中脊线对折。只见他手腕三转两转，一个圆锥便出现了。轻轻一抖，你的帽子又回来了，而且平整舒展，太神奇了。竟然如此简单。

“你也许还需要这个。”马兰戈斯先生说。他拿出一根漂亮的栗色圆筒，上面印着赫伯特·约翰逊公司的金色纹章。“出远门时携带起来比较方便。”把帽子卷起来，放在里面刚刚好。

我想了想。没有这么一顶帽子，我不也好好地过了这么多年？如今我真的需要它吗？大概不需要吧。若是用美元现金付款，只怕钞票比这顶帽子还要重，我真的负担得起这样昂贵的一顶帽子吗？负担不起，那是当然的。倘若我试图证明这笔费用属于办公支出，我的会计师又会怎么说呢？我不敢再想下去。

“好的，”我听到自己说，“我买了。”

情牵曼哈顿

当我落魄失意时，曼哈顿曾以友善的态度待我，自那以后，我便在心中给这地方永远留出了一个柔软的角落。多年以前，我在伦敦苦寻一份广告文案撰写的工作。那是二十世纪六十年代初期，伦敦大部分广告公司的老板都喜欢摆出一副优雅的做派，但大都很无知，他们毕业于伊顿公学和牛津大学，招聘的时候也只看得上那些有着同样傲人教育背景的年轻人。我从未上过伊顿或牛津，甚至连真正的大学也不曾进过。我也不优雅。有着如此不利的背景条件，我自然无法说服任何人给我一次面试机会，好让我谋得一个——按那时的称呼——“职务”，哪怕是收发室的职务也行。于是，我遵循当时的光荣传统，毅然投入了渴望发家致富的汹涌人群之中。我在“玛丽皇后号”游轮上买了一张经济舱中最差劲的船票（舱位位于水线之下），最后在曼哈顿西五十二街尽头的老码头上岸了。

曼哈顿处处有惊喜。在这里，万事皆有可能，转机常常在一周将尽时出现。只要努力工作，不久便能得到丰厚的回报。令我大感欣慰的是，没有人在乎什么伊顿或牛津。我很清楚自己是多么幸运，也很清楚，许多人没有我那么幸运。曼哈顿在我心中留下了美妙的回忆，于当时的我而言，这是个特别的地方。

很幸运，如今它仍旧美好，却不仅仅因为它能为失业者提供避风港。如今我再去曼哈顿，是为了度假，找刺激，寻开心。在普罗旺斯的偏僻乡村住得久了，不免期待来一场全然不同的新体验。

兴许你从未听过这种论调，但我还是要说，我简直要爱上在海关通关的环节了。说来也是有些古怪。那身着制服的男人模样很疲惫，他用呆滞的目光扫视着电脑屏幕，搜寻可能记录着我犯罪行径的蛛丝马迹，但一无所获。他没有放弃，反而向我提出一个意味深长的问题。

“你到访此地的目的是什么？”

我总想为他平淡的日子带来一些乐趣，让他呆滞的眼神亮起来，使他感到自己在保卫美国免受邪恶力量的荼毒。到访的目的吗，长官？哦，就和往常一样——主要是搞搞诈骗，拉拉皮条，假如有空的话，再搞点儿毒品。不过你也知道曼哈顿这个地方的状况，恐怕不够时间把安排好的事项一一完成。

我猜他大概连眼睛也不会眨一下。他也许会潦草地在表格里填上“公务”两字，然后祝我在曼哈顿过得愉快。

办完了手续，我要好好挥霍一下自己的旅行经费了，在从机场进城的路上便可以适当地放纵一下。出租车不在考虑范围之内。租直升机也不行：我曾试过一次，可飞机上缺少基本的文明设施，叫我大失所望。等发现飞机上竟没有酒吧的时候，要下来已经来不及了。

从那时起，我每次都租用豪华加长轿车。为了确保一切安排得当，我会提前给租车公司打电话，提醒他们不要忘记在车里放上香槟。以如今的交通状况来看，搞不好要在皇后区堵上四英里，没有喝的准会活活渴死。

于是，我就这样架起双脚，手中端着漾着气泡的美酒，望着曼哈顿的灯光在远方的地平线上渐次亮起。信用卡仿佛感染了我的期待一般，也跟着颤抖不已。我盼望着与当地人的第一次接触，他们会上演一出又一出属于这个城市的最佳剧目：有的是话剧，有的是低俗喜剧，人物怪诞，台词尖刻——应有尽有，而且免费观看。

有个男人常常蹲在第六大道和四十二号大街相交处的人行道上，盯着每一个从此经过的漂亮姑娘，冲她们念念有词：“换件内衣吧，宝贝。”姑娘们充耳不闻地走过，但是你知道，她们一定听见了。

还有傍晚时分的“格斗”——两名公司主管为一辆出租车争执不下。他们的对话精彩纷呈，但完全在我的预料之中：

第一位主管：“这是我叫的车，你这个混蛋！”

第二位主管：“说谁混蛋呢？你个混蛋！”

处处是对峙与纠纷，我甚至怀疑有许多闹剧是演给像我这样的乡巴佬看的，不为别的，只是要让我们知道自己闯到大都市来了。

这是一个繁华富裕、妙趣横生的城市，也是一个极其善于吞噬金钱的地方。似乎每个人都在拼命地大买特买。邮递员脚蹬一百美元的锐步鞋，生意人挥舞着手工缝制的鳄鱼皮公文包，中年贵妇被沉重的耳环坠得脚步踉跄，足足有一个街区那么长的豪华轿车贴地疾驰，私家飞机在空中盘旋，人们挥金如土，就像呼吸氧气一般平常——不论我到过曼哈顿多少次，每回在到达此地的第一天，都会眼见一沓纸币迅速变为一口袋零钱，并且总会被金钱如流水般消逝的速度惊得目瞪口呆。当然喽，解决之道便是不使用现金，而是用信用卡，而且签名时别忘记闭上双眼。只需做出这番简单的调整，我便能潇洒地享受大把花钱的愉悦了。

在曼哈顿，挥霍金钱的机会比比皆是，直叫人眼花缭乱，要在短短几天内将这些机会一一利用，得具备超出常人的耐力和组织能力才可以。我尽力了，老天爷作证，我真的尽力了，却还是未能将所有愿望一一实现。不过，每次来曼哈顿，总有些固定的“仪式”要遵循，说是义务也可以。即使心中偶尔涌起尝试一些“非分之想”的欲望，也必须排在这些义务之后。这样一来，便往往没有时间去尝试了。但是没关系，反正我下次还会来的。言归正传，我首先要前去拜访一位理发师，并从此开始一系列奢侈的享受。

也许称他为理发师有些失礼，他已被众多同行公认为全世界理发行业最高水准的大师，可不是一般的理发师了。他的名字叫罗杰·汤普森，他的美发厅位于巴尼斯精品店的楼下。这位理发师的工作安排总是已经排到数周之后，而且他有个人尽皆知的特点：你对理想发型的理念若是与他的恰好相反，就不要怪他把你拒之门外。所以，只管把自己的脑袋交给他，由他随心所欲地发挥就好。这一定会成为你有史以来剪过的最好看的发型，而且会花掉你一百二十五美元。

在赶去吃午餐的途中，我要在公园大道一家名为苏珊·本尼斯·沃伦·爱德华兹（Susan Bennis Warren Edwards）的鞋店稍作停留。这店名真长，这究竟是一个人的名字，还是将两个合作伙伴的名字直接连在一起并且省略了连接符号呢？这不得而知。但是这里一定有人对于鞋子的结构有着超凡的品味——简约、经典、一上脚就很舒服，但价格也贵得能叫人背过气去。

最便宜的一双也要二百五十美元，你若胆敢买双稀有皮革制成的鞋子，价格更是直线飙升。每卖出一双鞋，都附赠一只漂亮的毛毡包，仿佛他们卖的是价值连城的翡翠。

信步走上两分钟，就来到法国以外我最喜爱的一家餐厅。第一次跟别人来到四季餐厅（Seasons）时，我尚处于容易受到外界影响的年龄。那是二十五年前，当时的我从未见识过这样的餐厅，现在的我，也还是没有见过除此以外更令我印象深刻的餐厅。这里的装修考究得让人惊叹，每一处装潢都精益求精，打造出美轮美奂的效果。光顾四季餐厅的食客们无不精心装扮，如人形家具般点缀在各处，仿佛在上演一出免费的大秀。

倘若在下午一点三十分，上天不怀好意地在四季餐厅上方引爆一枚炸弹，整个出版业将瞬间变得群龙无首。身为行业翘楚的编辑、经纪人以及预付款高达七位数的作家们全都在此用餐。他们压低嗓门喁喁私语，谈论平装书的版权、电影改编的选择权，同时有一搭没一搭地吃着豪华的午餐。更糟糕的是，他们喝的是水。竟然是水！老天爷！酒水单里给出的承诺是多么诱人，还有侍酒师，他已经准备好要牵着你的手，带你了解各式各样的勃艮第葡萄酒。他们怎能忍心拒绝？我是无法拒绝的，况且我最不愿见到的，就是一个没人搭理、郁郁寡欢的侍酒师。

花掉两百到两百五十美元之后，我感到精神焕发，兴致勃勃地处理起下午的其他待办事项来。我试着将它们划分为两个令人同样神往的领域：商业和文化。

与纽约人相比，我算不上真正的购物爱好者。他们能在麦迪逊大道艰难地上下跋涉，翻弄着羊绒袜、驮马绒外套和闪光绸吊裤带，胳膊上挂着数不清的购物袋，信用卡被刷得烫手，边缘几乎要融化。我没有这份毅力。我看着这些名副其实的购物狂，他们的眼睛闪动着攫取的欲望，散发着永不休止的热情，对此我只有羡慕的份儿。我的购物热情只能保持那么一小会儿，而且我需要专业人士的帮助，他能知道我想要什么，尽管我自己对此都并不清楚。

这就是为什么我每次来曼哈顿，总要忍不住跑到西四十几街那一片去的原因。那是一个电子小玩意的集散地，销售人员拥有闪电般速战速决的销售技巧。

那儿有好几十家店铺挤挤挨挨地排在一起，卖的都是些小东西，却都是高科技的结晶。这些高科技是我在法国乡下听都没听说过的，比如涡轮机驱动的削笔刀、水下相机、袖珍电话答录机、数字心跳计、窃听设备、轻如羽毛的摄像机和小得能一口吞下肚的收音机等。这些稀奇古怪的小玩意儿，我当真需要吗?

不出五秒钟，答案自会出现，因为在这短短的几秒钟内，售货员便会飞快地从店铺的另一面冲过来并挡住出口，他一面朝我快步疾走过来，一面如数家珍地报出了优惠和折扣，还免费提供一年的电池，而我还一个字都没来得及说出口呢。这些男孩真是精力充沛。他们当中有一位尤其出色，仅凭自己一个人就能将你团团围住，真不知道是怎么办到的。干脆就任他摆布吧。他会告诉你，哪些小玩意儿是你必须拥有的。能飘浮的电话？靠语音激活的闹钟？能够在太空中写字的钢笔？你照单全收。再来一个个人压力检测器怎么样？而且会根据你的生物钟报告结果哟！好的，这是我的卡，拿去刷吧。期望您再次光临。祝您今天过得愉快。

当我好不容易脱身，溜到像是书店或者现代艺术博物馆之类的清净地方，却发现逛书店和博物馆也不轻松，到了傍晚六点，我已是疲惫不堪了。仿佛被某种原始的迁徙本能驱使着，我来到一个凉爽昏暗的地方，我会在这儿想清楚如何度过接下来的几个钟头。这样静静思索的时候，那些“非分之想”悄悄地浮现在脑海中。

比如到第二大道的棕榈树（Palm）餐厅吃晚餐，与那些有着粉色硬壳外套的“恶魔”大战十五回合。当侍者将“恶魔”的遗骸端上桌时，客人们那难以置信的表情他们早已见怪不怪了。“怎么了？”他们会问，“您没有见过龙虾吗？”

又比如乘车沿着第五大道兜风。我曾经听说，有一辆加长豪华车的车厢里装着一个按摩浴缸。想象自己一边赤身裸体地从城市街道上疾驰而过，一边举起香槟酒杯迎向目瞪口呆的行人，我不禁一阵心驰神往。

这件事我还没尝试过，但总有一天会的。等着我回头向你报告吧。

亲爱的老友

了不起的安托万早在多年前便已离我们而去，有关他离世的情形，我将在后文提及。安托万是老友路易餐厅（Chez L'Ami Louis）的老板，五十多年来一直在此担任大厨。虽然斯人已去，餐厅却仍旧保留着他喜欢的样子：拥挤而喧闹，破旧而简陋，其间不时穿梭着三两美丽的女子，她们将减肥大计抛诸脑后，痛快地吃着大餐，这大餐的分量是如此之足，如今已是不多见了。

据说这是巴黎最昂贵的小酒馆。我更愿意将它视作一家便宜的小馆子，只为那些从不为自己的口腹之欲感到羞耻的人提供美食。那些不把食物当回事的人，那些喜欢在一个硕大的空盘中央点缀几滴美味的覆盆子酱汁的人——那些骨瘦如柴的可怜鬼会被这里的大鱼大肉吓坏的。如果你也是这些人当中的一员，就此打住，不要往下读了，不然只会落得个“精神消化不良”的下场。

老友路易餐厅位于狭长的韦尔布瓦街三十二号。在这条不起眼的窄街上，粗重的呼吸声曾经一度盖过了汽车的噪音。这儿从前是一个男女幽会的圣地，几乎每两栋建筑当中就有一栋情侣酒店。姑娘小伙们在租用的钟点房缠绵几个小时后，带着满面的红晕，脚步踉跄地转过街角，在安托万的餐桌前坐下来，平复自己的情绪。

尽管如今这个社会再不似当年那般放荡不羁，正经严肃了许多，可我们仍然不难想象一位留着大胡子的先生和他那穿着清凉的女伴在角落里窃窃私语的样子。这两人大概都从各自的婚姻中短暂地抽离出来，在这附近缠绵了一整夜吧。他们十指交缠，每当餐厅的门被推开，都要抬头看上一眼，看来人自己是否认识。是出于出轨的心虚，还是在寻找名人的面孔，我们就不得而知了。政客和政治家们、法国导演罗曼·波兰斯基、美国女演员费·唐纳薇、阿尔芒·标致（标致汽车公司的创始人）家族的成员、摩纳哥公主卡洛琳的前夫、上流社会的人和那些依附于上流社会的风流人士——都来过这儿，并且毫无疑问都会再次光顾。

一家餐厅要维持五年的红火已经很难了，即使厨师名噪一时，潮流也会很快将他抛弃，朝更新颖、更有趣的餐桌涌去。

这样一家朴素破旧的小店，藏身于一条毫不起眼的小街上，竟然从二十世纪三十年代火爆至今，究竟有何诀窍？更出奇的是，使这家店的生意长盛不衰的是巴黎人，而非到此一游的观光客，而在人们的印象中，巴黎人因为面对目不暇接的选择，养成了反复无常、挑三拣四的坏毛病。那么，为什么他们会成为回头客？什么使得他们一再登门？

有的时候，生命中最棒的事是意外的惊喜，而非精心策划的结果。我总感觉老友路易餐厅就属于前者——它已经备好了刀叉，随时准备着为人们带来惊喜。这家店是有秘诀的，如果你愿意将精心选材、简单烹调、分量惊人算作秘诀的话。可是老友路易的魅力不止于此。这家餐厅中暗藏着一种个性，散发着对食物的强烈渴望和无拘无束的快乐。我怀疑这秘诀是安托万的遗存，直至今日，他的幽灵仍旧掌管着这家餐厅。

走进餐厅的门口，你会在远远的一侧墙上看到安托万的照片——一个身材高大、蓄着灰白色胡须、像獾一样的男人。他在壮年时体重曾超过两百磅。照片里的安托万凝视着外面的世界，那里的景象在半个世纪里几乎毫无变化。铺着黑白地砖的地面已经被磨穿，露出赤裸的混凝土。餐厅的一侧立着一个历史悠久的柴炉，锡皮烟道挨着天花板，摇摇晃晃地一路通出去，看着就很不结实。墙壁的颜色如同被烟熏过的皮革，是黑褐色的，而且裂纹斑斑。直背木头靠椅，窄窄的餐桌上铺着三文鱼色的桌布，宽大的餐巾，朴素而实用的餐具。没有精致的灯光，没有背景音乐，没有吧台，没有任何虚饰。只是一个吃饭的地方而已。

在餐厅任职十四年的经理（他的名字刚好也叫路易）会把你带到桌前。他穿着白色短上衣和黑裤子，如同牛排一般结实。侍者接过客人的外套，卷起来，然后如篮球运动员一般，双手熟练地一抛，将它们扔进沿墙摆放的一人高架子上。不论是羊绒的、黑貂皮的还是水貂皮的，全都一视同仁。男士也可以把短外套脱掉，把餐巾妥帖地系在脖子上，这种行为也是颇受鼓励的。这时候菜单来了。

那是一张白色硬卡纸，上面的字是手写的，简单明了：五道前菜，十道主菜，五道甜品。菜品随季节而变，有许多客人选择掐着时间，赶在芦笋、小羊羔或野生牛肝菌上市的时候来。我去时恰逢十二月初，菜单上列出了冬季的菜式，全都是在寒冷冬夜里能让人食指大动的那种食物。

第一道菜该是什么样子的呢？我手中握着一杯葡萄酒，放任自己的想象力在各种可能性之间尽情游移，心中满怀着期待，多么美妙的时刻呀。是法餐的经典菜肴油封鸭？蒜香扇贝？烤山鸡？葡萄烩鹌鹑？从我坐的地方能够看到后厨，模模糊糊能见到一些穿白衣的人影和一些铜质长柄平底锅。我听见肉“滋滋”作响的声音，闻到土豆变得酥脆时散发的气味。一位侍者从我们身边经过，齐肩托着一道呼呼冒火的菜品。火烧小牛腰子。路易尾随在后，小心翼翼地护着一个布满灰尘的瓶子。侍者来到我们的桌前，等着我们点餐。

我的威廉叔叔常说，不知该作何选择时就点鹅肝酱。实际上，鹅肝酱正是这家餐馆的经典菜式之一，原料由同一个家族提供，前后已经历经了两代人，据说这道菜征服了不少美食家，好吃到让他们热泪盈眶。好吧，先来一份鹅肝酱，再来一份烤鸡。

看到侍者端上桌的鹅肝酱，我差一点以为他在下刀时不小心切歪了。我们一共四个人，每人点了一份不同的主菜。但一份鹅肝酱足以让我们所有人吃个够——紧实的粉红色厚片，淡黄色的鹅脂细纹，配上被热烤架烙上条纹的热法棍面包片。别的菜盘同样被扇贝、乡村火腿和蜗牛堆得满满的，分量同样毫无节制。紧接着，侍者又端上来一盘堆得像小山一样的热面包片，真是生怕我们吃不饱啊。

说是出于一丝不苟的钻研精神也好，或是出于贪婪的本性也好（虽然很惭愧，但我不得不承认这一点），反正我把每一种菜都尝了个遍。必须要说的是：我从未如此大快朵颐过。不幸的是，主菜还没上呢。我开始明白安托万如何能够把自己吃成重量级拳击手的体型了。

据我所知，他刚入行时，是在有钱人家当私家厨师。可以想象，当他来到韦尔布瓦街另起炉灶之后，那一家人的胃得有多么失落。只有两样东西能分散他对烹饪的专注：赛马和女人。最受安托万宠爱的女客们常常被他赠予散发着蒜味的热烈拥抱，脸颊上常常感受到他被火炉烘得热乎乎的手指的抚摸。女士们也都很喜欢他。有天晚上，一位颇有名气的美人在卫生间遇到了一个技术性的难题，她的吊带袜不知怎的穿不好了。她请来了一位帮忙的救兵，可这位救兵不是一位女士，竟然是安托万。他回到厨房，惊讶地摇着头，双手在空中比划出一个丰腴而绰约的形状，胡须后面传来一阵喃喃自语："多么美丽的大腿啊！"

巧了，我点的下一道菜是同样丰腴的鸡肉。点菜时，我忽略了菜单上的一个关键字眼，那就是"整"字。一整只鸡，外皮是蜂蜜般的棕色，闪动着莹润的光泽，多汁而柔软，鸡腿尤其肥美。这只鸡被人以娴熟的技巧切成两半，这技巧是我一直梦寐以求、却始终也无法学会的。（不知怎么回事，惨遭我切割的鸡肉里总会掺杂着一些碎骨头。）我面前的盘子里放着半只这般精雕细琢的生物，另一半则先放厨房保温，侍者承诺另外半只鸡端上来时一定还会是热的。他接着又上了一盘炸薯条——胖胖的火柴棒一样的土豆条，堆成一个六英寸高的金字塔，放一根在嘴里，轻轻一咬，外酥里嫩，满口留香。

我把那盘子里的鸡肉吃了个一干二净，简直就是奇迹！与此同时，我的朋友们解决掉了他们的小松鸡——松鸡的体形可比我吃的这只鸡要合理多了。另外半只鸡上来了，可我无论如何也吃不动了，侍者彬彬有礼地表示了惊讶，可是他没有放弃，反而改用甜点来威胁我。要来些野莓吗？还是来一份花生糖冰淇淋？或者一个足球般大小、浸在樱桃酒里的菠萝？

最终，我们勉为其难地喝了些咖啡，餐后还去厨房里转了转。这儿真应该被正式列为法国的名胜古迹。看遍整个厨房，连一样现代厨具也没有，在此工作的几位大厨竟然能制作出如此美味的大餐。二三十个破旧的铜锅挂在铸铁打造的多用灶台上方，灶台是一九二〇年安装的，已经被熏得发黑。七十年来，烤盘被磨穿并且更换了两次。热量全部来自烧柴，柴火则是一些干燥的老橡木。这就是全部了。没有微波炉，没有电脑控制的亮闪闪的烤箱，没有大片大片的不锈钢。《住宅与庭院》杂志负责厨房内容的编辑若是看到这里，一定会大吃一惊的。

但是既然管用，何必要换呢？以不变应万变，这是基本原则。当安托万的职业生涯接近尾声时，他终于同意卖掉这家餐馆，但有两个条件：第一是必须保持餐馆原来的样子——破旧的地板，摇晃的火炉，斑驳的墙壁，一切都不许改变。至于食物，同样保持原样——上好的食材，充足的分量，简单的烹饪方法。第二个条件是在他去世后，必须照顾好他的妻子。

提起有关安托万去世的传奇故事，便要从他的讳疾忌医开始讲起。他生病了，朋友们恳求他去找巴黎最好的医生看病，却遭到了拒绝。于是，他的朋友们说，那我们就安排医生到餐厅来给你看病。

安托万说，你们要是把医生弄来，我就杀了他。他的病始终缠绵不去，朋友们也一直没有放弃自己的计划。有天早上，他们将一位勇敢的大夫带到了老友路易餐馆，里面除了安托万之外再没有别人了。他坐在一张桌子旁，一杯半满的苹果白兰地和一把左轮手枪放在面前。他已溘然长逝，死于心脏病突发。

这是真的吗？也许他是在凡尔赛的一家诊所里安详离去的呢？我知道自己喜欢哪个结局，我想安托万也会更喜欢这一个。还是死在家里更好。

图书在版编目（CIP）数据

有关品味 /（英）彼得·梅尔著；程静译．—海口：南海出版公司，2020.11
ISBN 978-7-5442-9900-8

Ⅰ．①有… Ⅱ．①彼… ②程… Ⅲ．①散文－英国－现代 Ⅳ．①I561.65

中国版本图书馆CIP数据核字（2020）第050056号

著作权合同登记号　图字：30-2020-025

Acquired Tastes by Peter Mayle

有关品味
〔英〕彼得·梅尔 著
程静 译
出　版　南海出版公司　（0898）66568511
　　　　海口市海秀中路51号星华大厦五楼　邮编 570206
发　行　新经典发行有限公司
　　　　电话（010）68423599　邮箱 editor@readinglife.com
经　销　新华书店

责任编辑　黄宁群
特邀编辑　李怡霏　崔倩倩
营销编辑　程昊天
装帧设计　李照祥
内文制作　王春雪

印　刷　北京中科印刷有限公司
开　本　850毫米×1168毫米　1/32
印　张　7
字　数　131千
版　次　2020年11月第1版
印　次　2020年11月第1次印刷
书　号　ISBN 978-7-5442-9900-8
定　价　58.00元